雨月物語

うげつものがたり

上

日本令制國圖

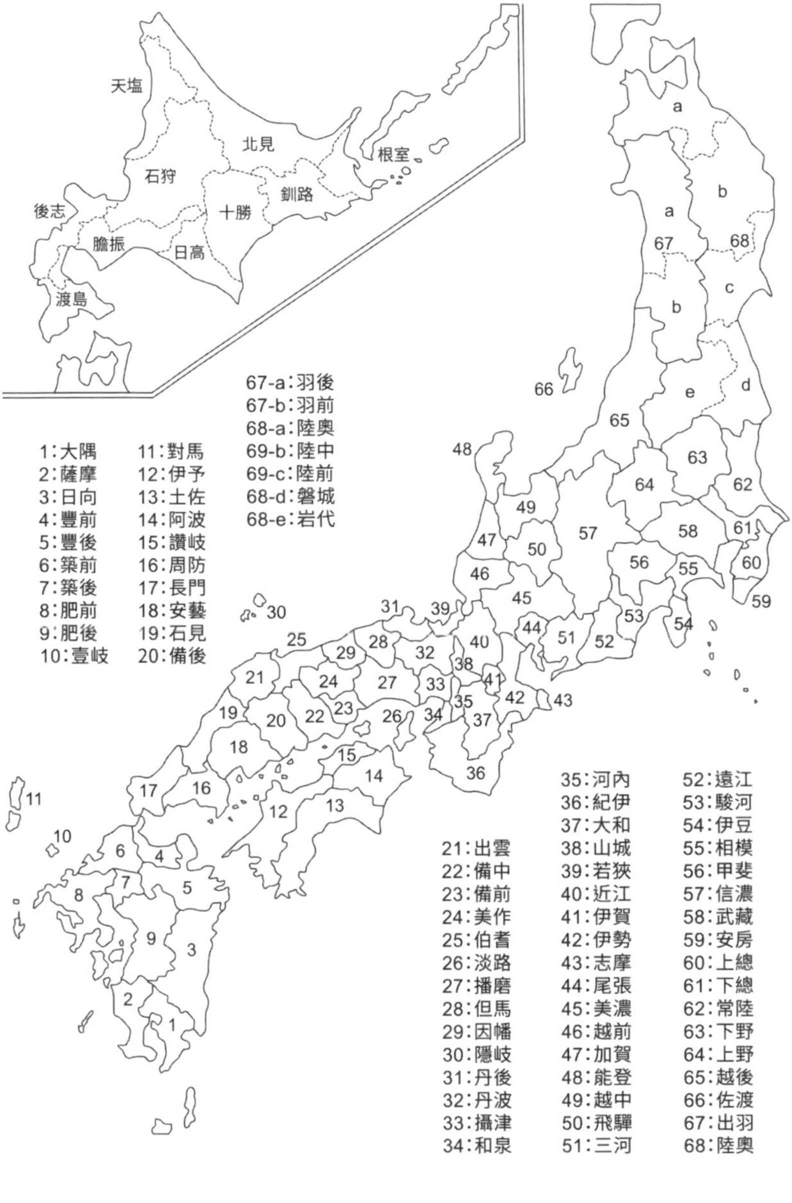
天塩
北見
根室
石狩
釧路
後志
十勝
膽振
日高
渡島
67-a：羽後
67-b：羽前
68-a：陸奧
69-b：陸中
69-c：陸前
68-d：磐城
68-e：岩代
1：大隅
2：薩摩
3：日向
4：豐前
5：豐後
6：築前
7：築後
8：肥前
9：肥後
10：壹岐
11：對馬
12：伊予
13：土佐
14：阿波
15：讚岐
16：周防
17：長門
18：安藝
19：石見
20：備後
21：出雲
22：備中
23：備前
24：美作
25：伯耆
26：淡路
27：播磨
28：但馬
29：因幡
30：隱岐
31：丹後
32：丹波
33：攝津
34：和泉
35：河內
36：紀伊
37：大和
38：山城
39：若狹
40：近江
41：伊賀
42：伊勢
43：志摩
44：尾張
45：美濃
46：越前
47：加賀
48：能登
49：越中
50：飛驒
51：三河
52：遠江
53：駿河
54：伊豆
55：相模
56：甲斐
57：信濃
58：武藏
59：安房
60：上總
61：下總
62：常陸
63：下野
64：上野
65：越後
66：佐渡
67：出羽
68：陸奧

日本歷史年表

紀元前	繩文時代 彌生時代
一世紀 二世紀	彌生時代
三世紀 四世紀 五世紀	古墳時代
六世紀 七世紀	飛鳥時代
八世紀	奈良時代
九世紀 十世紀 十一世紀 十二世紀	平安時代
十三世紀	鎌倉時代
十四世紀 十五世紀	室町時代
十六世紀	安土桃山時代
十七世紀 十八世紀	江戶時代
十九世紀	明治時代
廿世紀	大正・昭和時代
廿一世紀	平成時代 （二〇一九年新日皇繼位）

序[1]

羅子撰《水滸》，而三世生啞兒[2]；紫媛[3]著《源語》，而一旦墮惡趣[4]者，蓋為業[5]所逼爾。然而觀其文，各奮奇態，嗿哢[6]逼真，低昂宛轉，令讀者心氣洞越也，可見鑒事實於千古焉。余適有鼓腹之閒話，衝口吐出，雉雊龍戰[7]，自以為杜撰。則摘讀之者，固當不謂信也，豈可求醜唇平鼻之報哉？

明和戊子晚春，雨霽月朦朧之夜，窗下編成，以畀梓氏[8]。題曰《雨月物語》云。

——剪枝畸人書[9]

1 此篇原序，作者以漢文寫就全文，語意通順，故照錄之。

2 即羅貫中（約一三三〇年－一四〇〇年），元末明初著名小說家、戲曲家，中國章回小說鼻祖。雖然一般認為《水滸傳》是施耐庵作，但另有一說為羅貫中作。明‧田汝成《西湖遊覽志餘》：「錢塘羅貫中……編撰小說《水滸傳》……變詐百端，壞人心術，其子孫三代皆啞，天道好還之報如此！」

3 即紫式部（九七三年－一〇一四年），又稱紫珠，日本平安時代中期女作家，《源氏物語》作者。

4 佛教將地獄道、餓鬼道、畜生道稱為「三惡趣」，又稱三途、三惡道。日本當時受中國儒家思想影響，認為《水滸》的內容「誨盜」；《源氏物語》描寫靡靡情事，屬於「誨淫」。所以這兩部書的作者，都應在地獄受因果報應。

5 佛法中將出自身、口、意，凡事「有意所為」的所有行為，都稱之為「業」；又分「善業」

和「惡業」。

6 嗱，說夢話；哢，鳥鳴。

7 雉雊，雉鳥鳴叫；龍戰，陰陽二氣交戰。

8 畀，給予；以畀梓氏：將書稿交付給書坊印刷。

9 上田秋成幼時罹患天花。病癒後，右手中指與左手食指各短一截，故自稱「剪枝畸人」。

原序譯

傳說羅貫中撰寫「誨盜」之書《水滸傳》，暗示百姓可以反抗政府，家中便接連三代生出喑啞之子；紫式部寫成艷情淒美、迷亂人心的《源氏物語》，就因為此書「誨淫」，死後受罰墮入惡道，痛苦無盡。按照這種說法，兩人都因為業報現前，承擔自己造成的苦果。然而，仔細分析這兩部作品，皆有奇趣：或如夜半夢囈般低迴婉轉、或似清晨鳥鳴之清麗悠揚，讀來令人心生共鳴；甚至進一步洞察世情，在感動中體悟古往今來的事理。

機緣巧合，我也有滿腹閒話想一吐為快。雖說這本書裡的故事是依據鄉野奇談杜撰而來；但像《尚書》《易經》這類的聖賢書，不也記載著雉雞飛上爐鼎示警、蒼龍在曠野相鬥而天有異象這樣的鬼神之說嗎？讀者看書時，不必過度在意故事的真實性、就把它們當成虛構的即可；也不必為此而詛咒我遭到嘴唇醜陋鼻樑塌陷的報應啊。

明和戊子年暮春，這驟雨初歇、月色朦朧之際，我在窗下編成此書，付梓刊行，書名就叫《雨月物語》。

——剪枝畸人

譯序

江戶讀本小說第一人——上田秋成

《雨月物語》《春雨物語》的作者上田秋成，生於日本江戶時代中期享保十九年（一七三四年），傳聞是大阪一個藝妓的私生子。四歲時，由於母親去世，被堂島永來町的紙油商上田茂助收養。秋成幼名仙次郎，本名東作，秋成是他的雅號；此外尚有無腸、三餘齋、鶉翁等別號。

上田茂助和他的兩個妻子以及女兒，都對秋成十分寵愛，讓他受良好的教育。五歲時，秋成不幸感染了天花；當時天花是絕症，死亡率極高。上田茂助夫婦帶著瀕死的秋成，天天到大阪的神社禱告，秋成竟奇跡的存活下來。就這樣，幼年的死亡陰影和「神的施救」，成為上田秋成日後篤信天地神靈、喜愛光怪陸離事物的開端。

由於天花病毒導致的畸形，秋成的右手中指與左手食指被截短，因此他在《雨月物語》序文中，自嘲是「剪枝畸人」。同時，因為幼年這場大病，使他性格變得孤僻，不愛與人來往，反而時常露宿野外，聽鄉間耆老講述鬼怪故事。

上田秋成自贊像，收錄於《江戶文學研究》（一九二一），藤井乙男著

十八歲時，上田秋成開始了四處遊蕩的青年時期。他和一些習氣不正的孟浪子弟出入青樓酒館，放歌縱酒、狂放不羈，沉浸於荒誕的逸樂中。後來被養父訓斥才收心拜師，學習俳句、日本國學與漢學知識，俳號「漁焉」。

寶曆十年（一七六〇年），時年二十六歲的上田秋成與植山玉女結婚。次年養父病故，秋成繼承了家業。明和元年（一七六四年），他參加了在大阪舉行的朝鮮通信使一行的筆談會，對漢學接觸日多，開始走上創作之路。

明和三年（一七六六年），上田秋成的處女作：五卷本小說《諸道聽耳世間猿》付梓刊行；第二年四卷本小說《世間妾形氣》出版。這兩部描寫庶民生活的世俗小說，都受到讀者熱烈歡迎，秋成便以「浮世草子」[1]作者的身份而小有名氣。

明和五年（一七六八年），上田秋成完成了《雨月物語》的初稿，經商也頗為順利。天有不測風雲，就在他躊躇滿志時，明和八年（一七七一年）的一場大火令上田秋成財產盡失，經營紙張和燈油生意的店鋪只好宣告破產。為生計所迫，秋成到儒醫都賀庭鐘[2]門下學習醫術。都賀庭鐘號稱「讀本小說之祖」，精通漢學，行醫之餘撰寫了《英草紙》《繁野話》《莠句冊》等讀本小說。他的作品很大程度上啟發了上田秋成的創作思路。

秋成學醫三年，學成後在大阪一邊行醫，一邊如饑似渴地學習《萬葉集》[3]、音韻學、和歌、茶道、日本歷史和文學理論等知識。並在安永五年（一七七六年），修訂、出版了他人生的代表作《雨月物語》。

《雨月物語》甫出版便獲得巨大的成功，在當時被譽為日本怪談文學的最高傑作，對後世同類題材的創作影響深遠。自此，上田秋成青出於藍而勝於藍，超越都賀庭鐘，成為江戶時代讀本小說第一人。

此後的十四年，是上田秋成一生最為安逸的時期。他接連完成了《漢委奴國王金印考》《歌聖傳》《也哉抄》等作品。並與日本復古國學家本居宣長，就古代神話和古音韻問題展開了一場論戰。

然而，晚年的秋成卻再度遭遇不幸。寬政二年（一七九〇年），秋成左眼失明，妻子削髮出家；這兩件事對他造成非常大的打擊。在孤獨和貧寒中，秋成仍然奮力著述，完成了《癇癖談》《清風瑣言》《靈語通》等多部作品。

寬政九年（一七九七年），秋成的妻子辭世。次年，秋成右眼失明，窮困潦倒。這時他已六十四歲，雙目俱盲，深感來日無多，遂竭盡全力，勤奮寫作。《落久保物語》《冠辭考續貂》《金砂》《金砂剩言》《藤簍冊子》《膽大小心錄》等傑作，都完成於這段晚年時期。文化六年（一八〇九年），在轟動一時的《春雨物語》出版前夕，上田秋成於京都的弟子家中去世。

上田秋成一生多災多難，充滿了不幸和痛苦；人生中有相當長的光陰為生計而辛苦奔忙。但他在文學創作上卻顯露出驚世才華，以獨特的反復古主義思想和關注庶民生活的視角為基礎，形成了自己獨有的文學觀和價值觀。他的眾多作品中，尤以《雨月物語》和《春雨物語》最膾炙人口，最能體現他的思想和批判精神。

上田秋成代表作——《雨月物語》與《春雨物語》

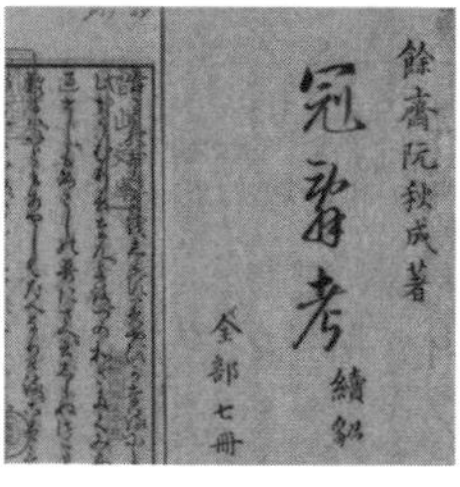

《冠辭考續貂》，上田秋成著

《雨月物語》在日本文學史上，佔有舉足輕重的地位，被譽為日本近代以前怪談小說的巔峰，是「讀本小說」的代表作品。後世研究日本文學及「讀本小說」的學者，都不能忽略《雨月物語》的價值。

要深入瞭解《雨月物語》，我們首先要弄清楚，什麼是「讀本小說」？

所謂「**讀本小說**」，是江戶時代通俗文學的一種樣式。主要特徵是：吸取中國宋代話本、明清小說的情節素材、構思和表現手法，融入日本本土文化中；再以比較高雅的文字，改寫或自創的作品。相對於其他的通俗讀物，如草子、滑稽本、人情本等，讀本小說強調內容上的思想性、結構上的傳奇性，行文用字雅俗共賞、情節發展前後呼應，把先前膚淺的娛樂作品層次大大提升。它融合了草子的趣味及中國古典文學的滋養，既浪漫又寫實，是日本古代小說最完備的樣式。

中日兩國文學交流向來十分密切。日本歷史上有過兩次大規模的中國文化輸入：第一次是奈良、平安時代，透過遣唐使引進壯麗多姿的唐朝文化；第二次就是在江戶時代。

江戶時代是一個長期和平、經濟繁榮、文化昌盛的時代，資本主義也在日本萌芽。這一時期人們的教育水準高、藝術欣賞力強，都市的市民階層正逐步形成，反映城市庶民生活的「町人文化」隨之興起，蘭學[4]、讀本小說、浮世繪、歌舞伎等，都成為時尚焦點。

讀本小說一開始是為迎合城市商人與市民在文化消費上的需要而出現。彼時中國宋代話本、明清小說大量傳入日本，先是掀起一股翻譯中國古典小說的熱潮，後來有一部分日本文人感到單純翻譯中國小說不夠盡興，開始嘗試改寫中國的流行作品。他們以「拿來主義」[5]的精神走捷徑，將明清小說的故事情節和主題思想，改頭換面套用到日本本土的歷史、人文環境中。最早的改寫作品是《御伽婢子》[6]，作者淺井了意[7]將明代瞿佑所著的文言短篇小說集《剪燈新話》[8]裡的人物、地點、時代背景等，整套從中國移植到日本，文風也改換成和風，使作品更加貼近日本市民階層的趣味和生活。

改寫是翻譯的進一步深化，「御伽」其實就是「夜話」，類似母親哄孩子睡覺時說的床邊故事。雖然《御伽婢子》還屬於「浮世草子」的範疇，但已為讀本小說提供了出現的條件。自它問世之後，借鑒、改寫、模仿中國小說之風日益盛行。儒醫都賀庭鐘繼承並發展了淺井了意的改寫方法，以馮夢龍的《三言》為藍本，創作了《英草紙》。《英草紙》是第一部意義上的讀本小說，它或借原故事講述本土風情、或改換人物敘述日本史實，給閱讀者帶來了十分新鮮的感受，因此吸引了眾多品味較高的讀者。在這本書影響下，江戶文壇誕生了一批優質的讀本小說，如《雨月物語》《南總里見八犬傳》《椿說弓張月》《本朝水滸傳》《三七全傳南柯夢》等等。

《雨月物語》全名《今古怪談雨月物語》，取材改寫自《剪燈新話》和《三言》，共五卷九篇志怪小說。初稿完成於一七六八年，八年後正式出版。其書名的由來，一般認為出自《牡丹燈記》中的「天陰雨濕之夜，月落參橫之晨」句。「雨濕之夜」和「參橫之晨」，正是鬼怪出沒的時段，取「雨月」二字，體現了夢幻般鬼義灰暗的故事背景。

江戶時代，德川幕府實行「閉關鎖國」政策，統

《椿說弓張月》，江戶時代的「草子」作品。曲亭馬琴撰，葛飾北齋繪

治階層嚴密控管文化領域，老百姓普遍在精神上受到強烈壓抑，潛在的反叛心理便孕育出「怪談文學」這種新的創作形式，而且蓬勃發展。讀本小說原來是僅供消遣的通俗作品，內容上也多以神怪、打鬥、滑稽為題材，以迎合普羅大眾的閱讀品味。《雨月物語》作為以談玄說怪為主題的短篇小說集，卻別具一格，不落俗套。九個短篇全部風格新穎、結構緊湊，文字流暢典雅、表現手法洗練傳神，充滿了藝術魅力。

《雨月物語》中以《剪燈新話》為改編物件的有四篇，分別是參考《華亭逢故人記》的《白峰》、參考《愛卿傳》的《夜宿荒宅》、參考《龍堂靈會錄》的《佛法僧》、參考《牡丹燈記》與《翠翠傳》的《吉備津之釜》；其餘各篇則改編自《三言》。九篇小說的主旨重點各異，並不完全強調詭異恐怖；

有的借史事闡述理想抱負、有的託鬼怪譴責人間不平、有的宣揚儒學以懲惡勸善、有的渲染佛法以探討宗教哲理和人生真諦。雖然內容怪誕，卻將怪誕昇華、美化，使之具有高度的幻想性，又兼顧浮世萬象的真實性。作者在情節的架構中，不是把怪誕作為一種庸俗的獵奇加以描繪，而是重在挖掘日本各階層人民生活中的喜怒哀樂，對人性進行深刻剖析，把對心靈的表達發揮得淋漓盡致，提升到一種堪稱高妙的境界。人的「本真」在亂世之下，透過詭譎恣肆的筆調展露無疑。藉著《雨月物語》，我們知道原來權謀的爭鋒、兄弟的信義、男女的愛欲、怨妒的執念，扶桑與中國都一般無二，卻能更加淒絕懾人，渾然沒有《聊齋》中的香豔情濃，笑語相攜。

雖然《雨月物語》在故事上與所借鑒的底本仍有不少相似處，但上田秋成的改寫已不同於以往的作家。他並非單純照搬中國小說，也不拘泥於原作的思想主題，而是在改寫的同時，循著原作的脈絡，結合日本的時代背景，對《剪燈新話》和《三言》中的相關篇章，進行藝術性的剪輯及再創作，重新編排情節、創造氛圍，極力融合日本的人情風俗，再摻入他本人的反復古主義思想，賦予作品新的主題和藝術特色。這使《雨月物語》既與所憑依的原作血脈相通，又在創作意圖、佈局構想等方面脫胎換骨、別開生面。正因為上田秋成從單純的借鑒模仿，向取捨創新邁出了一大步，他才超越了都賀庭鐘，成為江戶文壇的巨匠。

上田秋成精通漢文，作品中直接引用漢語詞彙和典故的狀況非常多，駢儷對偶，具有濃郁的中國文言色彩。他在引用古籍時，採取了不同的方式，有素材的汲取、有詞彙的引申、有表達的化用，將漢風日本化，並使兩者融合，再以日本傳統的審美情趣表現出來，充分展現他對中日兩國古典文學的深刻造詣。

「經百千劫，常在纏縛。古寺浮屠，如今已成了斷壁殘垣。蒿草高過人頭，辨不清三途之徑。」上田秋

《貓之妻》，江戶時代的「草子」作品。曲亭馬琴撰，歌川豐國繪

成的文字，與浮華的平安朙文比起來，只見其淩厲，不見其婉約。略帶鄉土味的言語、精妙的行文，字裡行間處處靈光閃動，頗具神秘的東方古典氣息、又有幽美淒怨的精髓。《雨月物語》熔日本民間傳說和中國神怪故事於一爐，文字精妙，琅琅上口；情節曲折，結構嚴密，更兼人物性格鮮明、氛圍刻畫生動，被譽為日本文學史上的經典傑作，當之無愧！

值得一提的是，日本名導演溝口健二[9]曾選取《雨月物語》中的《夜宿荒宅》和《蛇性之淫》拍攝了同名電影。這兩部影片都充滿強烈的東方審美色彩，透過名攝影師宮川一夫的巧手，將故事發生的舞臺「幽靈豪宅」營造出一種朦朧而又金碧輝煌的氣氛。那鬼魅般跳動的燭火、委婉的三弦、暗影浮動的屏風、卷軸畫般的女性臉譜……細小的、骨子裡的淒美神韻被無限放大到觀眾眼前。加上歌舞伎、音樂的配合，妖異幽玄、浮華虛渺的怪談世界躍然光影之間。本片因為精彩的意境塑造而受到高度讚賞，在一九五三年的威尼斯影展獲得銀獅獎。

溝口健二的代表作，電影《雨月物語》

溝口健二

《雨月物語》的姊妹作《春雨物語》，脫稿於文化五年（一八〇八年），是上田秋成晚年思想、人生體悟的巔峰之作。全書共十篇故事，有手稿本和抄本之分，在他去世後才出版刊行。

有別於脫胎自中國古典小說的《雨月物語》，《春雨物語》全部取材自日本正史與野史軼聞，以物語故事為載體，巧妙融合了真實歷史、虛構傳奇兩大要素，帶有濃郁的寓言和諷世色彩。作品中還摻雜了上田秋成的歷史、文學觀點，是他長年累月注釋史籍、古典文學名著的總結。其影響力雖不及《雨月物語》，卻也在日本文學史上留下重要的一頁。

王新禧
二〇一四年二月修訂再版
序於福州

1 「草子」（亦可寫作「草紙」），是江戶時代的娛樂性書籍的泛稱，有許多類型；其中的「浮世草子」多就花柳、戲劇等主題描繪庶民生活，代表作家為井原西鶴。

2 都賀庭鐘，（約一七一八年——一七九四年），江戶中期讀本作者，大阪人，字公聲，通稱六藏，號近路行者。也是翻案中國白話小說，創作讀本小說先驅。

3 《萬葉集》，和歌集，成於奈良時代晚期。可能由大伴家持編纂，收錄作品的作者涵蓋皇族、貴族到庶民。

4 「蘭學」，江戶時代中期到幕末，日本人透過荷蘭語學習的歐洲事務與科學知識的總稱。

5 「拿來主義」，魯迅在一九三四年的雜文《拿來主義》提出的概念，意為不加以擇取思考就一味採用某些想法的作法。

6 《御伽婢子》，作者為淺井了意，寬文六年（一六六六年）成書，十三卷六十八話，初期的怪談小說集。屬於較具有教育意義的「假名草子」，亦確立江戶時期怪談小說的雛形。

7 淺井了意（約一六一二年——一六九一年），江戶前期的僧侶，假名草子作者。法號了意、另有瓢水子，松雲等別號。

8 《剪燈新話》，明人瞿佑撰，約於明太祖洪武年間成書，具有濃厚的志怪與傳奇的成分。在中國流傳不廣（被視作禁書），對日本、韓國甚至越南文學皆造成影響。

9 溝口健二（一八九八年——一九五六年），日本導演、編劇。地位崇高，擅長描寫女性，具有強烈寫實主義與女性主義色彩。溝口健二拍攝的《雨月物語》亦挑選書中以女性為主題的作品。

目錄

白峰

1

從此，

朕遺世獨立，

幽居暗室，

誓願成為大魔王。

魔道果然助我，

平治之亂因此而起。

「你哪裡曉得，近來世間種種紛擾，皆朕所賜。朕在世時已深陷魔道，倡禍『平治之亂』，死後我仍要對皇室作祟。你且拭目以待，用不了多久，天下又將大亂！」

〈白峰〉《雨月物語》／安和五年
桂宗信繪

遍野楓紅迎來秋季，西行法師[2]從逢阪關口[3]驗關，乘著涼爽天氣向東行去。沿途重巒疊嶂、林間山野俱是秋色，令人流連忘返。鳴海灘頭，但見雲霧繚繞、水鳥留跡，望不盡富士山峰巍然獨秀；過浮島原、清見關時，則領略大磯、小磯海岸水波起伏的澹澹風光。見過紫草遍地的武藏原野、風平浪靜的鹽釜晨景後，又歷經象潟的漁戶茅舍、佐野渡浮橋、木曾峽谷的棧道；法師行腳所到之處，無一不令人心醉神馳，逸興盎然。

飽覽東國風光後，法師決定掉頭向關西旅行，觀賞西國的歌枕[4]之地。仁安三年[5]秋，西行法師經過蘆葭枯敗的難波徑向西去。冒著須磨明石浦的刺骨海風，渡海來到讚岐國真尾坂的密林後，決定在此靜思修行。之後，法師便搭建了簡陋茅舍暫住。

茅舍修成後，西行法師因久聞距離不遠的白峰是崇德上皇[6]陵寢所在，便一心想去參拜；在仁安三年十月初某日，動身前往白峰。沿途只見松柏蓊鬱，雖是風和日麗的晴天，山中卻因重重露水而十分清涼，彷彿霏霏細雨沿途飄落。登臨而上，身後險峻的兒岳峰直插入雲，腳下就是千仞深谷，雲霧飄渺，視線受阻，就算是咫尺之遙亦難辨識。又行一程，只見林木漸疏處，有一隆起的土墩，上面三石疊壓，周圍荊棘遍布、薜蘿[7]滋長，入目滿是淒涼之感。

「難道這便是上皇御陵嗎？」西行法師心神悲沮，茫然四顧，此情此景究竟是真是幻呢？

對比眼前的蕭瑟，西行法師想起昔年覲見崇德上皇時，上皇高坐紫宸殿、清涼殿御座掌理朝政；百官恭聆聖意，誠惶誠恐，齊聲歌頌明君賢良。後來上皇讓位於近衛院[8]，仍能藐姑射之山[9]而居，瓊樓玉宇，悠遊度日。哪裡想到如今荒墳蔓草、山野寂寂，唯有麋鹿奔逐之跡，卻無祭掃祝奠之人。哪怕身為萬乘君王，也難以償還宿世因果、孽債，逃不脫罪業果報。念及人世的飄渺、無常，西行法師不由得潸然淚下。

他在御陵前找到一塊平滑石板，盤腿落坐，徹夜誦經供奉，為上皇祈禱冥福。同時吟詠短歌：

松山濤湧陣陣，　美景如舊依依；

痛悼聖賢吾君，　迷途何日得歸。

短歌吟罷，法師更加虔誠的持誦經文，毫不懈怠。

不知不覺天色暗去，寒露與淚水浸透緇衣；紅日西斜，山中分外寂靜。西行以石為床、鋪葉為衾，只感到奇寒徹骨。凝神四顧，墨夜如漆，茂密松林遮蔽了星月，陰森悚然。他心中淒惻，雖然神思漸漸困乏，卻難以安睡。

「圓位！圓位！」

朦朧間忽然聽到有人叫喚自己，西行法師睜眼一看，迎面站著一個異樣的身影，身高體瘦，面孔與衣衫紋色都模糊不清。西行本是有道高僧，見此異狀毫無怯意，問道：「來者何人？」

1 本篇改編自《剪燈新話・卷一・華亭逢故人記》。白峰，崇德天皇陵寢所在地，位於今香川縣坂出市。

2 西行法師（一一一八年—一一九〇年），日本平安末期、鎌倉初期著名歌僧。俗名佐藤義清，二十三歲時出家，法號「圓位」，一生共創作兩千多首和歌。

3 「逢阪關口」是京都與近江國（滋賀縣）交界的關隘，出了關就是東國。

4 「歌枕」是和歌的一種修辭方式，多用於詠誦名勝古跡。

5 「仁安」是六条天皇與高倉天皇的年號；仁安三年，即一一六八年。

6 天皇退位後，號為「上皇」。崇德上皇（一一一九年—一一六四年）本是日本第七十五代天皇鳥羽天皇與中宮藤原璋子（待賢門院）之子，五歲登基，二十三歲時受鳥羽上皇逼迫而退位。《古事談》聲稱他被鳥羽上皇認為是鳥羽上皇的祖父，白河法皇與待賢門院之間的私生子，因而被鳥羽上皇斥棄。

7 薜蘿，薜荔和女蘿。兩者皆為野生蔓草，常攀緣於山野林木或房屋四壁。

8 近衛院（一一三九年—一一五五年），即日本第七十六代天皇「近衛天皇」，一一四一年至一一五五年在位。

9 引自《莊子・逍遙遊》：「藐姑射之山，有神人居焉。」此處比喻居處高不可攀。

那人答道：「方才聽高僧吟歌，意欲相和，故現身一見：

泛舟松濤浪裡，無常隨波逐流。

此身歸途無望，小舟杳渺無蹤。

高僧祭弔之情，朕甚感欣慰。」

西行法師聞言，方知眼前鬼魂即是崇德上皇；他急忙伏地叩頭，聲淚俱下：

「陛下為何不早赴淨土，往生極樂，仍在塵世徘徊？貧僧欽羨陛下厭離濁世，為求隨緣之幸，今夜才在此誦經參拜。怎知陛下依舊貪戀凡塵，此刻顯形，貧僧深感惶恐。願陛下忘卻今生，速歸淨土，圓證佛果才是！」

法師言辭殷殷，情意懇切。崇德上皇聽了嘿然而笑，說道：

「你哪裡曉得，近來世間種種紛擾，皆朕所賜。朕在世時已深陷魔道，倡禍『平治之亂』[1]，死後我仍要對皇室作祟。你且拭目以待，用不了多久，天下又將大亂！」

西行聞言，止淚說道：

「聽聞上皇此語，貧僧不勝驚恐。上皇天資聰穎，本是有道明君，人盡皆知。現在卻心思殘暴，實在令人費解。敢問陛下，當年『保元之亂』[2]，您到底是遵天神之教而策劃？還是因一己私念而謀叛呢？」

聽見西行法師質疑自己，崇德上皇勃然變色，開口說道：

「你聽好了。帝位乃世間至尊，若天子有悖天道綱常，則臣子應天命、順民望而伐之，不無道理。然永治年間，朕本無過，卻迫於父皇敕命，讓位於年僅三歲的體仁。如此因由，你如何便認定朕私心深重？體仁早逝，朕之子重仁繼承皇位天經地義，朕與群臣皆懷抱此望。怎料美福門院[3]心懷嫉妒，一力促成吾弟四皇子雅仁登基為君，朕滿腹怨氣如何能解？重仁有治國雄才，而雅仁不過朽木而已。不以德才擇君，竟將天下大事委於後宮，實乃父皇之大錯。儘管如此，父皇在世時，朕仍竭力奉孝，未嘗流露任何怨恚。直至父皇駕崩，朕始萌發復仇雪恨之念。曩昔武王伐紂，以臣討君，只因應天順命，而開周朝八百年基業。況朕本為國君，美福門院牝雞司晨，干涉朝政，朕取而代之，何言失道？法師雖出家禮佛，卻只求來世解脫之利，將儒家人倫之理與佛門因果強加附會，以堯舜之教混解釋門之法，難道以為這樣便能說服朕嗎？」

1 「平治之亂」，平治元年（一一五九年），在「保元之亂」中立功的源氏首領源義朝，因未受重用，與平清盛結怨。十二月四日，源義朝趁著平家離開京城參拜神社，聯合藤原信賴拘禁上皇和天皇，史稱「平治之亂」。在外參拜的平清盛聞訊立即集結重兵，於翌年正月大敗義朝軍，誅殺藤原信賴，並將義朝一族屠戮殆盡。經此一役，平家勢力全面擴張，專攬朝政。

2 「保元」是日本第七十七代後白河天皇的年號。一一五五年，近衛天皇去世，崇德上皇希望自己復位，或由兒子重仁親王繼承皇位。但鳥羽法皇把自己的兒子雅仁親王扶上皇位，是為後白河天皇。保元元年（一一五六年）鳥羽法皇病死，崇德上皇聯合左大臣藤原賴長發動政變，後白河天皇與關白藤原忠通、平清盛等人策劃反擊，雙方爆發了奪位之戰，即著名的「保元之亂」。最終崇德上皇戰敗，在仁和寺被擒，流放讚岐。由於保元之亂時，後白河天皇與崇德天皇均藉武士的力量作戰，因此保元之亂也被視做為武家政治的開端。

3 美福門院（一一一七年—一一六〇年），鳥羽天皇的皇后，體仁（近衛天皇）的生母。皇室系譜可參考左圖。

白河、崇德、後鳥羽天皇相關系譜圖

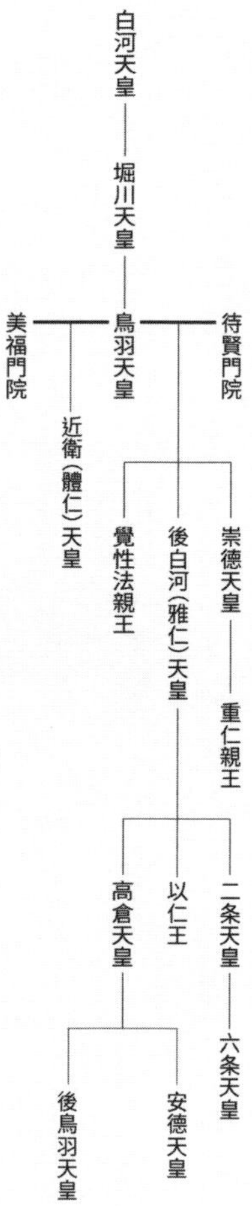

上皇鬼魂聲色俱厲，西行法師卻毫不畏懼，向前奏道：

「上皇所言，乃借人倫之理而辯人欲。姑不論震旦[1]史例距今已遠；本朝古時，譽田天皇[2]置長子大鷦鷯尊於不顧，立幼子菟道親王為皇太子。譽田天皇晏駕後，兄弟相讓，皆不肯即位，整整三年天下無君。菟道親王深懷憂慮，暗思：『豈能因我久生於世，令天下人生憂？』於是自盡身亡。大鷦鷯尊不得已才繼承帝位。如此重天業而守孝悌，盡忠心而絕私欲，方稱得上是堯舜之道。

本朝尊崇儒教，以之輔佐王道，正由菟道親王自百濟聘請王仁[3]起始。據此，兄弟互讓之心，正是漢土聖人所教！成周創業，武王一怒而安天下，震旦古來無人議論武王以臣弒君。蓋因《孟子》云：『賊仁者謂之賊，賊義者謂之殘；殘賊之人謂之一夫。聞誅一夫紂矣，未聞弒君也。』漢土經典、史冊、詩文等，無不傳入我國，唯《孟子》至今無法傳入；凡運有此書之船，必因風暴沉沒。若問緣由，我國自天照大神[4]創業以來，遵其訓示，皇祚連綿，世代相傳未曾斷絕。若將那巧言詭辯之書傳入本朝，後世必據此篡奪神孫皇位而稱己無罪。

是故八百萬神深感惱怒，屢起神風，翻覆其船[5]。可見他國聖人之教，未必全然適用於本朝國情。況且《詩經》有云：『兄弟鬩於牆，外禦其侮。』當年先帝崩殂，陛下忘卻骨肉親情，殯宮屍骨未寒，便掣旗引弓，舉兵爭位，不孝之罪無以復加。天下者，神器也，豈能因一己私欲而肆意竊奪！即使重仁即位乃萬民仰望，如不布德施和，反悖道而行，則昨日欽慕帝君之萬民，今日必怒目而與陛下為敵。是以陛下不但難遂本願，反使自身蒙受滔天責罰，流放至荒僻之地。如今唯有忘棄舊仇、早歸淨土，方為正途啊，陛下！」

西行懇切陳詞，崇德上皇歎息道：

「法師以事實詰問朕，並非全無道理。然而朕如之奈何？自流謫此島，朕即被長久困於松山高遠[6]宅中，每日除供應三餐外，絕無一人前來。長夜寂寂，伏枕靜聽雁鳴，不禁思念故居，心意悠悠，只想隨鴻雁飛返京都。拂曉醒來，耳聞沙洲千鳥飛鳴，牽動愁腸，歸心更甚。然而，縱使盼到烏鴉頭白，朕亦歸京無望，他日定成海畔孤魂。朕原本心心念念為後世著想，手抄《五部大乘經》[7]替萬民祈福；但荒島之上，又哪有寺院可供放置經卷？為免經文埋沒，無奈之下，朕只好遣人將手書經文送往京都仁和寺，並附短歌一首：

海濱千鳥跡，飛送京中人；
松山寄此身，鳥鳴吾哀泣。

朕盛意拳拳，哪知少納言信西[8]從中作梗，進讒道：『所送經文似乎包藏上皇詛咒，不宜收藏。』經文遂原封不動遭到退回，實在可惱可恨。自古以來，無論本朝、漢土，為爭帝位而骨肉相殘，司空見慣。朕自知罪愆深重，方手錄經文，以示懺悔自贖之意。即便有人作梗，亦不該無視『皇親犯事，可酌議減刑』這項成法，拒絕朕之手稿。自此以後，朕復仇之心又熾，索性便將經文奉與魔道，以雪心頭之恨。一念至此，遂咬破手指，寫下血書咒文[9]，與經卷一同沉入志戶海[10]中。

從此，朕遺世獨立，幽居暗室，誓願成為大魔王。魔道果然助我，平治之亂因此而起。先是藤原信賴[11]貪圖高位而生狼子野心，與源義朝共謀造反。那源義朝正是朕切齒之大敵，其父源為義[12]及其同族武士，皆在保元一役中為朕捐軀；唯有源義朝叛朕投敵，倒戈相向。當年保元戰事，八郎源為朝[13]勇猛善戰，又有源為義、平忠政[14]運籌帷幄，朕本勝券在握。不料西南風起，義朝獻計火攻，致使我軍大敗。朕只得從白河北殿東門逃出，於山路險峻的如意嶽蒙塵，雙足負傷，靠樵夫砍來荊柴方能遮風擋雨，最終被擒，流放此島。

1 「震旦」，中國的古稱。

2 譽田天皇即日本第十五代天皇應神天皇，在位時間為二七〇年至三一〇年。因為在《日本書紀》中被稱為「譽田別尊」，故又稱譽田天皇。

3 王仁，百濟人，應神天皇時乘船至日本，獻《論語》十卷、《千字文》一卷。儒教與漢字藉此傳入日本。

4 「天照大神」是日本神話中地位最高的太陽女神，被奉為日本皇室的祖先，尊為神道教的主神。

5 此奇事中國明朝《五雜俎》卷四亦有記載：「倭奴亦重儒書，信佛法，凡中國經書，皆以重價購之，獨無《孟子》。云：『有攜其書往者，舟輒覆溺。』」

6 此處指當地名族綾高遠的宅邸，位於今香川縣坂出市。

7 《五部大乘經》指：華嚴經、大集經、大品般若經、法華經、涅槃經。

8 信西（一一〇六年—一一六〇年），平安時代末期貴族、僧侶。俗名藤原通憲，擁護後白河天皇。

9 根據《保元物語》記載，崇德上皇的血書咒文寫道：「三悪道に抛籠、其力を以、日本国の大魔縁となり、皇を取って民となし、民を皇となさん。」意為：「投身地獄、餓鬼、畜生三惡道，以五部大乘經之力，成日本國大魔王，令天皇成賤民，賤民成天皇。」平家、源氏、足利、豐臣、德川等武士政權日後長期淩駕皇室之上，皇室淪為傀儡近七百年，被視為是崇德天皇的詛咒應驗。

10 「志戶海」是白峰山北方的海域。

11 藤原信賴（一一三三年—一一六〇年），平安時代末期貴族，後白河天皇寵臣，與信西對立。日後敗於平清盛，在六条河原斬首示眾。

12 源為義（一〇九六年—一一五六年），平安時代末期武士，源義朝之父。

13 源為朝（一一三九年—一一七〇年），源為義第八子，源義朝的弟弟。據說是日本第一個切腹自殺的武士。

14　平忠政（？—一一五六年），平安時代末期武士，平清盛的叔父。

一切皆因源義朝施行奸計，方有種種恨事。為報此仇，朕使義朝生虎狼之心，與信賴同謀作亂，欺君罔上、獲罪於地祇，終被不善武略的平清盛討伐。想來義朝曾於保元亂中弒殺其父為義，罪孽本深；在逃亡途中死於家臣之手，當真是天理昭昭、報應不爽。至於少納言信西，常自誇博學多識，卻無容人之量。朕便促使他與信賴、義朝為敵，迫他棄家逃亡，於宇治山中掘洞藏匿，最後被義朝抓獲，在六条河原梟首示眾。此乃信西讒言惑主，拒絕朕手書經文的果報。後來在應保[1]之夏，美福門院甍命；又在長寬[2]之春，藤原忠通[3]因鬼魂作祟歸西。朕亦于當年秋天辭世，但滿腔怒火死後更熾，終於成為統率三百多名惡鬼的大魔王。見人幸福，便轉而為禍；見天下大治，便煽動戰亂。如今唯有平清盛[4]那廝，福澤深厚，滿門榮華，高官厚祿，大權獨攬。只因有長子重盛[5]輔佐，忠義仁德不失，故而平家覆滅之期暫時未至。法師暫且觀之，平家氣運亦難長久。雅仁也必有惡報。」

崇德上皇娓娓道來，說得咬牙切齒，面容猙獰。西行法師聽罷，便對上皇說：

「陛下深陷魔道，惡業深重，與佛土已相隔數億萬里；貧僧不便再言。」

於是與崇德上皇鬼魂相對無言，默然靜坐。

便在此時，地動山搖、狂風大作，漫天飛沙走石，幾乎將林木摧折殆盡。

只見一團鬼火由崇德上皇膝下燃起，將山谷照得亮如白晝。火光中，崇德上皇神色驟變，龍顏赤紅恍若朱砂渲染，頭髮蓬亂披散膝頭；白眼吊起，口噴熱氣，其狀極為痛苦。繼而御衣由柿色變為焦黑，手腳生出獸爪，儼然便是魔王降臨，令人恐懼。他向空中呼喚道：「相模[6]！相模！」一隻像鳶的怪鳥「啊」一聲飛來，從天而降，伏在上皇面前聽命。

上皇問怪鳥道：「為何不取重盛性命，使雅仁和清盛受苦？」

怪鳥答道：「後白河上皇洪福未盡。重盛乃忠信之人，難以接近，須等干支再過一輪[7]，重盛命數方盡。重盛一死，則平家滿門福運都將隨之而終。」

崇德上皇拍手稱快，道：「朕之仇敵都將葬身眼前這片海底。」其聲厲厲，在山谷間迴蕩，悽愴之感難以言說。西行法師眼見上皇墮落魔道，不禁唏噓落淚。於是高吟短歌一首，希冀上皇能皈依佛法。歌曰：

君昔高臥白玉床，　今朝長眠奈若何？

歌中之意，是說剎利[8]與須蛇[9]在死後並無分別。

西行慨然高歌，崇德上皇聽了，心有所感，面色稍霽，鬼火也逐漸消失。最後他身形一晃，如煙消霧散，銷聲匿跡，那怪鳥也杳然無蹤。上弦月隱沒山峰之後，林中漆黑無光，恍若夢境。

少頃東方既白，晨鳥啼鳴。西行法師將《金剛經》一卷奉於崇德上皇陵前，作為供養。下山歸庵後，靜心回想昨夜所見，自平治之亂始，種種生死變幻、年月日期都與上皇所說分毫不差。西行深知此事非同小可，將前夜遭遇深藏心底，絕口不向任何人提及。

歲月如梭，又經過十三年[10]，治承三年秋，平重盛病逝，入道相國[11]平清盛，因怨恨後白河法皇[12]，將其幽禁於鳥羽離宮，後又移囚福原的簡陋茅宮中[13]。嗣後，源賴朝自關東舉兵，木曾義仲[14]橫掃雪國北陸，殺入京城。平家一門逃奔西海，流亡至讚岐海濱的志戶、八島時，武士們便如同崇德上皇的詛咒般，大多葬身魚腹。最後，平家被趕到赤間關、壇之浦，幼主安德天皇投海，平家殘部也盡數覆亡。一切悉如朝露消逝，為後世留下無限感喟。

其後，崇德上皇御陵被重新修建，鑲金嵌玉、飛簷繪彩、棟樑雕花，威嚴之盛備受景仰。各地前來登山謁陵的旅人，無不頂禮膜拜，獻上幣帛，尊崇德上皇為神靈。

1 「應保」，日本年號，一一六一年九月至一一六三年三月。這一時期的天皇是二条天皇。

2 「長寬」，二条天皇改元後的年號，一一六三年三月至一一六五年六月。

3 藤原忠通（一〇九七年－一一六四年），平安時代末期貴族，出身藤原北家。曾任攝政關白太政大臣。支持後白河天皇。日後五攝家的共祖。

4 平清盛（一一一八年－一一八一年），平安時代末期武士，保元之亂後深獲後白河天皇的信賴。平治之亂時擊敗源義朝，一一六七年任太政大臣。將女兒平德子嫁給高倉天皇成為皇后，一一八〇年時迫使高倉天皇退位，擁立外孫安德天皇即位。一一八一年死於熱病。

5 平重盛（一一三八年－一一七九年），平安時代末期武士，平清盛的嫡長子。冷靜沈著，時常勸阻清盛的專橫。保元、平治之亂隨清盛立功，被父親寄與厚望。正室是後白河天皇寵臣藤原為親之妹經子，因此與後白河天皇親厚。鹿谷事件後沉寂，四十二歲時先清盛過世。

6 「相模」是日本八大天狗之一，四國天狗首腦，受命安撫崇德天皇的怨靈。

7 干支紀年中，天干十年一輪，地支十二年一輪。西行法師與崇德上皇的這番談話，是在仁安三年（一一六八年），後來平重盛果然於治承三年（一一七九年）病死，正好一輪十二年。

8 「刹利」是古印度種姓制度中「刹帝利」的略稱，意譯土田主，即國王、大臣等統禦民眾的階級，也稱「王種」。古印度的王族、貴族、士族都屬於這一階級。

9 「須蛇」即古印度種姓制度中的第三等級「吠舍」，由從事社會生產的農牧民、手工業者和商人等組成，泛指平民階級。

10 此處原著有誤，應為十二年。

11 官階在三位以上的官員出家，尊稱為「入道」。

12 出家為僧的上皇稱為「太上法皇」，簡稱「法皇」。

「謀反」的天皇成了魔王？

胡川安

〈白峰〉中描述一位行者西行法師來到讚岐國，想要參拜白峰之上崇德上皇的陵寢，登臨途中遇到崇德上皇的亡靈，亡靈跟他說近來世道的亂源是因為祂所起，而且天下即將大大亂，永無寧日。原因就出在皇帝做出違背人道的事情，不應天命，不順民望，所以

崇德天皇像，收錄於《天子攝關御影》

流放到讚岐國的崇德天皇，歌川國芳繪製

只能靠亡靈來撥亂反正，為什麼亡靈如此之恨？想要天下人一起受苦呢？

日本歷史上含怨最深的天皇就是〈白峰〉中的主角崇德上皇。據說崇德上皇過世後以天狗的姿態危害人間，產生了許多災難，他生前所怨恨的後白河天皇和周邊的人士都不得好死，全國各地也發生火災、瘟疫和飢荒，京都的火災讓整個城市幾乎付之一炬，整個日本也不得安寧。

崇德上皇會成為怨靈的主要原因在於政治鬥爭上的慘敗，而鬥爭的源頭來自「攝關政治」與「院政」間的鬥爭。我們將歷史往前看一點，藤原一族因為輔佐「大化革新」有功，在日本政界呼風喚雨，後來再搭配莊園文化的發展，使得天皇的權力旁落，由藤原一族掌控政治好幾個世代，加上他們

「保元之亂」敵對關係圖

後白河天皇	崇德天皇
藤原忠通（關白）	藤原賴長（藤原家長老）
源義朝	源為義
平清盛	平忠正
源賴政	平家弘
源義康	源賴憲
源重成	
平信兼	
信西	

相當跋扈，造成不少貴族反對藤原，主張拔除其勢力。

反對藤原一族的集中在天皇身邊，由於其政治勢力難以一時消除，天皇運用迂迴的方式，退位成上皇，在朝廷內加設「院廳」輔佐現任的天皇。然而，藤原一族的勢力後來雖然消退，但是天皇和上皇間也產生嫌隙，造成日本朝政的不穩。舉鳥羽天皇的例子來說，從小受到祖父白河法皇的控制，只有等到白河法皇駕崩後才有機會掌握朝政。

鳥羽上皇親政後也壓抑生於一一一九年的崇德天皇，千方百計讓崇德天皇無法組成「院政」，推崇德的同母兄弟雅仁當天皇，是為後白河天皇。雅仁即位不久後，鳥羽天皇駕崩，崇德策動政變，然而，鳥羽早就料到崇德會發動政變，留下了支持後白河天皇的十大武將，不僅如此，後白河天皇還先發制人，源義朝縱火燒崇德上皇居住的白河北殿，崇德上皇不敵出逃，跟隨的人也潰散，僅僅半天即遭到無情的鎮壓，參與叛亂的人全數斬首，這場判亂史稱「保元之亂」。

主謀崇德天皇遭到流放，在四國的讚岐度過餘生，為了得到原諒，當時他花了三年，用血抄了五部經典，打算以此贖罪，但將佛經送至京都時卻遭拒，懷恨在心，後來精神異常，不修邊幅，要讓自己變成「天狗」。崇德天皇從小被壓抑，發動政變不成功，遭到流放以血抄經文又被拒，怨到無法化開，希冀成為日本的大魔王，要「為君戮民，為民弒君。」最後他決定自盡，將血抄的經書投入海中。

崇德天皇過世後，日本天災人禍不斷，後白河天皇雖然在政變中獲勝，但是怨靈的作祟讓其精神也將

後白河天皇像，收錄於《天子攝關御影》

近崩潰。後來朝廷在崇德天皇的陵寢附近建立「頓證寺（白峰寺）」安撫他的怨氣，然而，一切的混亂似乎還沒結束，在「保元之亂」後的平氏和源氏開始掌控朝政，天皇完全沒有權力，成為他們的魁儡，並且開啟了後來七百年的亂世。平家一族後來流亡，葬身海底，其餘的殘眾也覆滅，據說這都是因為崇德上皇的怨靈作祟。

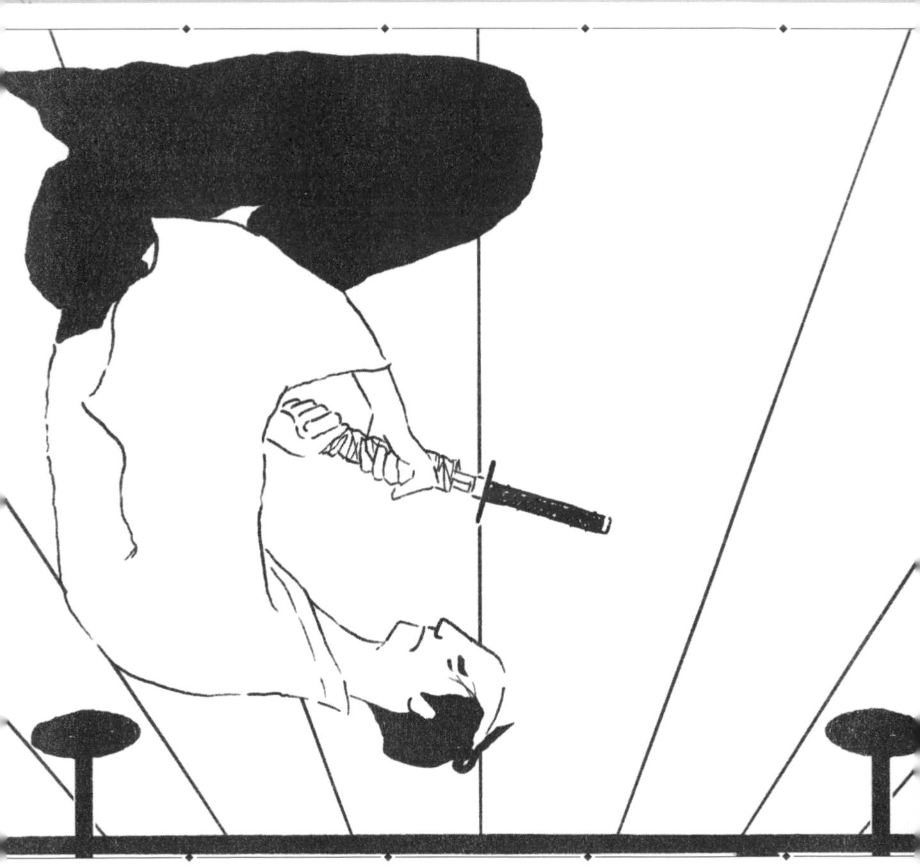

1

菊花之約

我憂心如焚，
思及今日若不能如期赴約，
賢弟將視我為何人？

「尼子雖強留兄長，汝也該念及往昔之情，效仿公叔痤私放商鞅，放兄長離去。汝卻貪戀私利，毫無武士風範，倒頗有尼子家風，無怪兄長不肯留於此地。」

〈菊花之約〉《雨月物語》／安和五年

桂宗信繪

庭院莫栽垂楊柳，結交莫結輕薄兒。
楊柳不耐秋風吹，輕薄易結還易離。
楊柳逢春發新綠，輕薄永無再訪時。

播磨國加古驛有位文士，名叫丈部左門。平日除了與書為友，對一應金錢俗物概不理睬，安貧樂道。左門之母賢似孟母，每日紡紗撚絲，助兒讀書修學。左門的妹妹許配給同鄉佐用為妻。

說到這佐用，家境優渥，因仰慕左門母子賢良高潔，故聘娶其妹。兩家結為姻親後，佐用時常以各種理由，接濟左門一些財物。但左門自思堂堂男兒，豈能因口腹之慾而累他人？每次都婉言辭謝。

一日，左門拜訪同鄉摯友，二人談古論今，正說到興頭上，忽聞隔壁有人發出痛苦呻吟之聲。左門詢問主人，主人答稱：

「鄰房那人好像自西國而來，數日前與同伴失散，在此借宿。我觀其貌不凡，頗有武士風度，便安頓他住下，誰知當天夜裡突發邪熱，高燒不退，臥床不起已有三、四天了，又不知他來自何地，實在為難得很！」

左門聽罷便道：「真是可憐之人，你為此憂愁難安，也是應有之義，那位客人行旅途中沾染疫病，委頓於異鄉，更兼舉目無親，此刻一定分外焦慮，待我去探視他。」主人一聽他這麼說，便急忙阻攔：

「聽說瘟病最易傳染，我從不敢讓家人童僕去那屋中探視，你也千萬別靠近，免得染上惡疾，害了自己。」

「死生有命，世人對瘟病妄加揣測，多有愚昧之言，那病也未必就能傳染給我。」左門笑道，說著推門入室，見病人確如主人所言，絕非凡俗之輩；只因身有重疾，面黃肌瘦，臥於破舊被褥之上，睜大眼睛望著左門求道：「能給我一碗熱水喝嗎？」

左門安慰病人：「壯士只管寬心，我一定想方設法醫好你的病。」遂與主人商量，斟酌開方，購買藥材，又親自煎湯送藥，煮粥餵食，如同對待手足兄弟般須臾不離，精心周到地服侍那位生病武士。

武士深感左門寬待之情，感激涕零道：「在下只是一個流落異鄉的過客，竟讓您無微不至的照顧；就算死，我也要報答您的大恩大德。」

左門安慰道：「切莫如此說，凡瘟病皆有疫期，只要捱過疫期，病況便會好轉。你且寬心養病，這段期間，我一定每日都來照料。」

有了左門的悉心照料，武士病體漸癒，精神也爽利許多。他向宿屋主人誠懇道謝，並對左門的善舉萬分感激。交談中，武士問起左門家業，並述說自己的身世：

「在下乃出雲國[2]松江鄉人士，姓赤穴，名宗右衛門。因粗通兵法，富田城主塩冶掃部介[3]聘我為師，講授兵書戰略。不久前又命我為密使，差往近江佐佐木氏綱[4]府中拜訪，主人留我暫宿驛館。便在此時，富田城前城主尼子經久[5]勾結當地豪族山中一黨[6]，在除夕之夜出其不意突襲富田城，塩冶大人被迫自殺。出雲本是佐佐木氏領地，由塩冶大人代理守護[7]。我向佐佐木氏綱進言，請他援助與尼子對立的三澤[8]、三刀屋[9]等豪族，盡速殲滅尼子經久。哪知他卻是外勇內怯的愚將，不但不接受我良言勸諫，反將我監禁於驛館內。我思忖絕不可久留，遂設法逃出。不料，在返回出雲途中身染疫病，幸得先生相救，又盡心照拂，大恩沒齒難忘，定當竭力圖報。」

左門道：「惻隱之心，人皆有之。我絕無施恩望報之心，閣下不必言謝。請在此再逗留一段時間，好好調養身體吧。」

1 本篇改編自中國明代作家馮夢龍《喻世明言・卷十六・范巨卿雞黍死生交》。

2 「出雲國」位於本州北部，屬島根縣，是出雲神話的發祥地。傳說須佐之男命在出雲建造了一座雄偉的宮殿，宮殿破土動工時，有八朵祥雲自地上升騰而起。

3 塩冶掃部介（?—一四八六年），出雲國人，室町、戰國時代的武將，曾擔任出雲國守護代，京極氏家臣；這裡的「掃部介」應是官職名。一四八四年時取代被主公京極政經流放的原出雲國守護代尼子經久，入駐原屬尼子氏的月山富田城。被推斷屬於塩冶高貞之弟，時綱的系統。

4 佐佐木氏綱，以近江國為根據地的佐佐木氏武將。

5 尼子經久（一四五八年—一五四一年），戰國時代著名武將、大名，一四八六年元旦之夜，年僅二十八歲的尼子經久，聯絡以歌舞藝能為職業的賀麻黨，藉由到富田城中表演千秋萬歲舞為掩護，突襲富田城，迫使城主塩冶掃部介自殺。此後，尼子經久以富田城為基地發展為擁有十一國的強勢大名，被後人譽為「戰國白手起家之先驅」。

6 此處指以山中勝重（一四六七年－一五三八年）為首領的一黨。

7 塩冶氏緣自於近江佐佐木氏，首代為佐佐木義清之孫，以出雲國塩冶鄉大迴城為根據地的塩冶賴泰。

8 此處指三澤為國，此時與尼子經久對立。

9 此處指諏訪部三刀屋氏，起緣於清河源氏，後來因為擔任三刀屋鄉的管理官職，而以三刀屋作為姓。此時與尼子經久對立。

承左門殷殷盛情，赤穴又將養數日，病體已恢復得差不多了。

這些時日，左門沉浸在遇到知己良朋的喜悅中，無論日夜都去拜訪赤穴。兩人傾蓋如故，無所不談，言及諸子百家之事，赤穴妙論精當，有真知灼見，見解非常人能及。對於兵法機略，更是訣微闡幽，洞明透徹。二人意氣相投，莫逆於心，遂結拜為異姓兄弟；赤穴年長五歲，被左門拜為義兄。結義之禮罷，赤穴道：

「我自小父母雙亡，賢弟之母即為我母，我欲登堂拜見母親大人，不知她老人家能否接受我的赤子孝心？」

左門聽了大喜過望，道：「老母常為小弟孤身一人而憂，今日若將兄長這番肺腑之言轉達，她定會歡喜得增壽延年。」言畢，立即帶赤穴回到家中。

左門之母見了二人，眉開眼笑，喜道：「吾子不才，所學難合時宜，仕途青雲無望。今蒙閣下不棄，結為兄弟，望日後多多指教、提攜。」赤穴急忙跪拜，恭敬施禮道：「大丈夫義重如山，功名利祿何足道哉。今蒙高堂慈愛，賢弟又待我真情真意，幸運如斯，夫復何求。」之後數日便在左門家中住下，歡洽之極。

昨日還盛開的尾上之櫻，今朝已經凋謝；海上涼風習習，浪濤拍岸；初夏就這樣到來。

赤穴向左門母子道：「我從近江逃出，在此淹留多日，出雲動靜久已不知。請容我回出雲探望，不久便歸，屆時菽水承歡1，專心侍孝，以報大恩。」

「不知兄長幾時回返？」左門問，赤穴答道：「時光易逝，最遲不過今秋。」左門道：「今秋何日，望兄長說個確切日子，以便迎候。」赤穴道：「那就約在九月初九重陽佳節吧。」左門道：「好，請兄長一定要如期歸來，小弟當備下薄酒金菊，恭候兄長。」二人互道珍重，依依惜別，赤穴大步向西而去。

歲月如梭，轉眼茱萸既紅，籬下野菊爭豔，秋季已至。九月初九這天，左門起了個大早，先將廳堂灑掃乾淨，在花瓶裡插上兩三枝黃、白菊花，又沽來美酒，備下佳餚，等候義兄赤穴歸來。

老母親看著勤快的兒子說：「孩子，出雲國遠在百里之外、山陰道[2]盡頭，赤穴今日未必趕得回來，且待他歸來後再備酒菜，卻也不遲。」「兄長是個重信義的武士。」左門道，「必不誤約，如果等他回來，再匆忙備菜，兄長作何感想？我等豈不慚愧？」言迄便溫酒烹魚，在廚下準備起來。

當日秋高氣爽，晴空萬里，加古驛遊人如織，有人道：「今日是某某貴人進京的日子，天氣又好，往京城做買賣一定大有賺頭。」另有一個年近五十的武士，向同樣裝束的二十出頭武士說：「海面風平浪靜，若是趕早自明石[3]乘船，午前就能到牛窗港。你年紀輕輕卻對渡海如此膽怯，倒是枉費了諸多盤纏。」年輕武士辯道：「這一帶的海路，旅人無不擔驚受怕，上回同大人進京，由小豆島[4]搭船至室津港[5]，一路上風高浪急，吃盡了苦頭。您請息怒，到了魚橋，我請您吃碗蕎麥麵。」另有旁道的駝夫，一邊氣沖沖的拍著駝鞍，一邊喝道：「你這駑馬，睜眼快走！」一疊連聲的催促著馱馬去遠了。

1 指身雖貧寒而盡心孝養父母，典出《禮記注疏・卷十・檀弓》。孔子曰：「啜菽飲水，盡其歡，斯之謂孝。」菽，豆類的總稱；菽水，豆和水，指最平常的食物。

2 「山陰道」是日本舊制行政區五畿七道之一，位於本州日本海側的西部。

3 「明石」即今日兵庫縣明石市，江戶時代屬於姬路藩。

4 「小豆島」位於今四國香川縣。

5 「室津港」位於兵庫縣的港口。

眼見天已過午，赤穴依然蹤影全無。到了日暮時分，旅人們都匆匆趕往驛站投宿，左門仍目不轉睛地盯著道路，望眼欲穿等著義兄歸來。

老母對左門說道：「人心不會像秋日的天空那般說變就變，菊花鮮豔綻放的日子也不單只有今天，若赤穴有心守約，縱然到了雨月（陽曆十月）方歸，也沒什麼可抱怨的，快回屋歇息，明日再等吧。」

聽到母親這麼說，左門只好佯裝就寢，哄老母睡下，自己則心存希望，又起身在門口徘徊。但見銀河燦爛，星輝滿天，冷月懸於天際。空朦的月色映得孤影倍顯淒清。村莊已在睡夢中，突然傳來陣陣農家犬吠，劃破夜空，遠處海邊濤聲拍岸，恍若近在足下。

月華漸漸隱於身後，夜色愈發暗了。左門悵然若失，終於死心，正欲閉門入屋，朦朧間有個人影輕飄飄地快速移近；定神一看，來人正是赤穴宗右衛門。

左門驚喜交集，開懷道：「小弟由清晨一直等到深夜，兄長終於如約歸來，小弟倍感欣慰。趕快進屋吧！」

赤穴不答話，只點了點頭。左門先行幾步，將赤穴引領至南面窗下坐定，說道：「因兄長歸家頗晚，母親久候不至，說是明日再等，先去睡了。小弟即去喚她。」赤穴卻一言不發，只搖搖頭，做了個制止的手勢。

左門道：「兄長日夜兼程，定然身心俱疲，腿腳酸痛了吧？且小酌一杯，再去歇息。」言畢燙酒上菜，殷勤相勸，赤穴以袖掩面，彷佛頗為嫌棄酒菜的濁氣。左門道：「小弟所陳，只是酒水粗肴；雖然寡淡乏味，卻是小弟親手製備，聊表寸心；還請兄長不要嫌棄。」

赤穴仍然靜默不語，不住的長吁短歎。隔了半晌，終於語調沉重地說：「賢弟赤誠待我，為兄豈會嫌棄？實不相瞞，為兄已非陽世之人，乃是陰間孤魂，此刻不過暫借人形前來踐約，賢弟切勿驚駭。」

左門大驚失色，問道：「兄長緣何口出無稽之談？難道小弟身在夢中？」

赤穴道：「自與賢弟分別回到出雲，為兄發現彼處之人懾於經久威權，竟已忘卻前主公塩冶掃部介之恩惠。我那堂弟赤穴丹治，也已在富田城中作了尼子經久的家臣。我去拜訪他時，他費盡唇舌，陳說利害，極力勸我投效經久，並且做了引薦。我表面聽從丹治的勸說，跟隨經久身邊，細察其言行為人。經久雖有萬夫不當之勇，且善於統御兵將，但生性多疑，為人詭黠，不肯輕易相信人，所以身邊並無心腹可用。我暗忖富田城非久留之地，並向經久言明與賢弟有菊花之約一事，想就此離去。經久聽罷勃然大怒，命丹治將我軟禁宅內，不得出城，這才耽擱至今。我憂心如焚，思及今日若不能如期赴約，賢弟將視我為何人？苦思良久，無計逃脫，最後想古人有云：『人不能行千里，而魂日行千里』，乃斷然切腹自盡；乘陰風，以幽魂之身自出雲來赴菊花之約。望賢弟體察愚兄至誠。」

赤穴幽魂言畢，淚下如雨，又道：「你我陰陽相隔，就此永訣，望賢弟好好侍奉母親大人。」說完飄然起身，一晃即消失不見。左門慌忙上前欲拉住赤穴，迎面一陣陰風遮目，難辨方向。他跌倒在地，失聲痛哭。

老母被哭聲驚醒，來到左門屋中，見地上杯盤狼藉，兒子躺倒其間。她連忙扶起左門，詢問為何如此？左門只是嗚咽不答。

老母道：「你是在抱怨赤穴失約未至嗎？說不定他明天就會回來，可以讓他解釋原因啊！我兒年紀已然不小，怎麼還如此幼稚愚魯呢！」

左門哽咽難以成言，又啜泣半晌，方道：「兄長今晚特來赴菊花之約，孩兒以酒菜相迎，不料他一再推讓，最後才道出實情，原來他因故不能履約，竟自絕性命，陰魂飛越百里，前來相會。一訴說完原因，便不知去向，孩兒深自哀慟，驚擾了母親大人，還請見諒。」說著又淚如泉湧。老母猶自不信，勸左門道：「諺云：『囚人夢赦罪，渴人夢飲漿。』我兒想來日有所思，夜有所夢。還是靜下心，好好休息吧。」

左門搖頭道：「確確實實，兄長曾經來過，孩兒所言絕非夢話。」老母見左門哀哀欲絕，方信此事為真，母子二人抱頭痛哭，直至天光。

翌日，左門向老母告別道：「孩兒自幼託身翰墨，嘗聞：『於國不能盡忠，於家不能盡孝，徒生於天地間耳』。兄長赤穴為全信義捨身，孩兒欲往出雲收埋骸骨，以全信義。請母親大人自重身體，孩兒就此暫別了。」

老母道：「吾兒此去，定要早日歸來，免我心中掛念。老身年事已高，兒若遷延太久，怕今日一別將成永訣。」

左門道：「生死如浮沫；死生之事，旦夕難保。孩兒定速去速回。」母子二人灑淚相別。左門先到佐用家，托請他照料老母，隨後便向出雲而去。

一路上飢不知食，寒不思衣，夜宿店舍，夢中小哭。行了十日，來到富田大城。

他先到赤穴丹治的宅邸，通名求見。丹治迎左門入宅，疑惑道：「並無鴻雁傳書，閣下怎知宗右衛門亡故，奇哉怪也。」

左門道：「武士之道，貴在不屑榮華富貴，只重信用義氣。吾之義兄宗右衛門重信守諾，化作遊魂百里來報。此情此意，我定要報答於他。所以夜以繼日趕來富田，欲以往日所學，請教閣下：昔時魏相公叔痤患病，魏惠王親往問病，曰：『公叔病有如不可諱，將奈社稷何？』公叔曰：『痤之中庶子公孫鞅，年雖少，有奇才，願王舉國而聽之。』王嘿然。王且去，痤屏人言曰：『王即不聽用鞅，必殺之，無令出境。』王許諾而去。公叔痤召鞅謝曰：『今者王問可以為相者。我言若（汝），王色不許我。我方先君後臣，因謂王即弗用鞅，當殺之。王許我。汝可疾去矣，且見禽（擒）』[1]。今以此事與閣下軟禁宗右衛門一事相較，汝以孰為對錯？」[2]

丹治俯首羞愧，默然無言。左門以膝向前，又道：「吾兄宗右衛門，不忘塩冶舊恩而拒事經久，義士也；汝卻背叛舊主，投靠新貴，不義也！兄長為菊花之約，捨命百里赴約，信人也；而汝獻媚尼子，非難親友，致兄長橫死，無信也！尼子雖強留兄長，汝也該念及往昔之情，效仿公叔痤私放商鞅，放兄長離去。汝卻貪戀私利，毫無武士風範，倒頗有尼子家風，無怪兄長不肯留於此地。今日我為信義而來，爾將因背信棄義，遺臭萬年！」話聲方落，左門立即拔刀砍死丹治，奪門而去。家眷們聞聲趕來時，左門已逃遁無蹤。尼子經久得知此事後，感念赤穴與左門兄弟情意深重，便命令不得追捕左門。

嗚呼！輕薄之徒不可結交，誠然如是。

1 原文引自《史記・卷六十八・商君列傳・第八》。

2 （中國）戰國時代，魏國國相公叔痤生了重病，魏惠王親自到相府探視他，問：「相國這次病勢沉重，倘使無力回天，我該把國家交給誰協理才好呢？」公叔痤回答：「我的中庶子（戰國時期官名，相國的侍從之臣）公孫鞅（即商鞅），年紀雖然很輕，卻身懷奇才；希望大王把國政都交給他。」惠王聽了默然不語。等惠王探病完畢，要離開相府時，公叔痤屏退左右，單獨對魏惠王說：「假如大王不想任用公孫鞅，請一定要處死他，千萬不能讓他離開魏國。」魏惠王答應公叔痤的請求後便離開了。

公叔痤召來公孫鞅，向他道歉：「剛才大王問我在我之後誰能接任國相，我推薦了你；但看大王的神色，應該不會同意我的建議。身為魏國臣子，我應當先對國君盡忠，才能考慮自己的立場，所以又勸大王假如他不想任用你，就一定要把你殺掉，不可放你離開魏國，這次大王答應了我的請求。所以你快逃走吧！再不走，恐怕就要被抓了。」

切開肚腸，也要實現的「生死之約」

胡川安

〈菊花之約〉的時間設定在十五世紀末的日本戰國時代，當時出雲國的地方豪族間彼此權力鬥爭，主人翁赤穴宗右衛門擔任富田城代官塩冶掃部介旗下的武士，精通各家學問，除了作戰用的兵書以外，也讀過諸子百家，在故鄉出雲和松江地區為人所敬重。然而，後來因為富田城間的豪族彼此鬥爭，爭權奪利，塩冶遭襲擊而亡，赤穴成為無所依附的武士，屋漏偏逢連夜雨，逃亡的過程中又身染疫病，危難時幸好遇見丈部左門。

上田秋成對於左門和赤穴的描寫有著自我投射，因為是私生子，四歲時即遭棄養，但因為自己好學，所以精熟各種學問；小說中的左門有點像是秋成的自況，不僅每天都與書為友，懂兵法、諸子百家，還了解醫術，可以醫治罹患瘟疫的患者，開處方。

本篇名採用〈菊花之約〉，菊花在日本歷史和文學上都有重要的意涵，賞菊和詠菊都是從中國的文化傳統而來，但菊花的意涵和隱喻到日本逐漸變化。九世紀左右，九九重陽節被定為日本的「菊節」，貴族間會飲用菊酒，流行賞菊。菊花的花語在日本象徵著死亡，也代表死後的世界，一個未來不可預知的世界，菊花的開與謝，代表著生與死，相聚與重逢，和好友的「菊花之約」也象徵著享受生的樂趣，共享人世的美好與共赴黃泉。

不少學者都討論〈菊花之約〉源自於中國明代馮夢龍「三言」《喻世名言》的〈范巨卿雞黍死生交〉，故事主題表現朋友間以生死相約，在中國的文學傳統中做為友情的最高表現。〈菊花之約〉雖然源自中國的作品，但是上田秋成加入濃厚的日本味，左門和赤穴互拜為義兄與義弟，並且將左門的母親視為義母，彼此間透過承諾約定義務，而且約定重陽節之時再聚首，

尼子經久肖像，栗原信充繪（江戶晚期）

被尼子經久反叛的大內義興

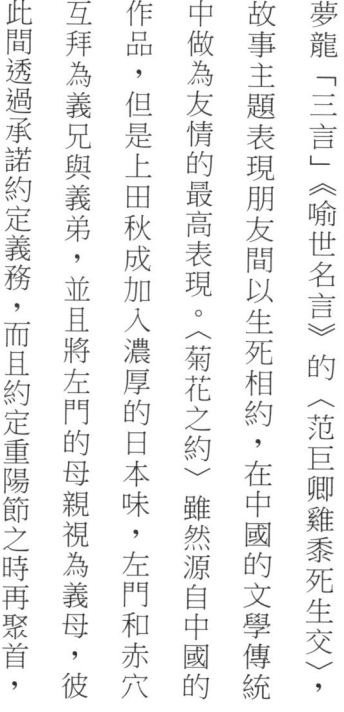

但赤穴沒有出現，當母親對於菊花之約有所懷疑時，左門還鄭重地說著：「赤穴絕對不會爽約，他是重義氣的武士。」武士重義也重忠，所以赤穴以往是塩冶的部屬，要回到出雲盡忠，以回報其對故主的恩情，但同時也重視與義弟的菊花之約。

故事中的時代背景，正好剛要進入戰國時代，亂世中充滿了各種棄恩負義的情況，武士可以背棄故主[1]，朋友間為了利益兵戎相見，由此才可以見到「忠」「義」的可貴，一切都不確定的時代，遵守「約定」才有其價值。

赤穴所在的出雲石見一帶當時最有名的代表人物就是尼子經久，他與關東的北条早雲[2]、美濃的齋藤道三[3]並列，是戰國時代初期「下剋上」的代表人物，尼子經久的大本營就是赤穴的富田城，後來以自己的戰略奇才，吞併了中國地方山陽山陰的領地。出雲國的人畏懼尼子的善戰，忘卻了故主塩冶的恩情，臣服於其淫威之下；但是赤穴還保有武士的忠義，不投靠尼子的麾下，也不與左門留在加古，一心一意地想著塩冶的安危，最後遭到尼子的軟禁，無法赴與左門的菊花之約。

1 〈菊花之約〉的故事背景約於日本戰國時代前期，當時武士背棄、反叛故主即所謂「下剋上」。

2 北条早雲（一四三二年—一五一九年），日本戰國時代大名。被認為反叛原主君今川家。

3 齋藤道三（一四九四年—一五五六年），日本戰國時代大名，被認為反叛原主君土岐家。

夜宿荒宅

1

自從那年別離後，
夫君約歸之期未至，
便已戰亂四起。

勝四郎神智恍惚，疑心有狐媚作祟。眼前的荒宅，明明是自家故地。寬敞的裡屋和屋後的穀倉全是自己一手建造，昨夜明明歷歷在目，為何忽然破敗不堪？他呆立當場，茫然不知所措。

〈夜宿荒宅〉《雨月物語》／安和五年
桂宗信繪

下總國葛飾郡真間鄉，有個年輕人名喚勝四郎，世居於此。由於祖上勤勉持家，掙下不少田產，家境算得上殷實小康。然而，傳到勝四郎時，卻因為他放浪成性、懶於農耕，導致家道中落。久而久之，親戚們也與他疏遠了。勝四郎頗有悔意，便尋思要找個方法重振家業。

恰巧有個叫雀部曾次的商人，專司收購足立染色絲綢這項營生，每年都會從京都到真間鄉探訪他的遠親；勝四郎與他相互熟識。

某日，勝四郎懇求雀部帶自己一起去經歷經商，雀部當即應允，並約定好出發的日子。勝四郎深知他誠實可靠，滿心歡喜，遂將家中剩餘田產盡數變賣，以此做為本錢購入大批絲絹，準備赴京。

勝四郎之妻名叫宮木，賢良淑德、聰慧美麗，聽說丈夫要進京經商，深感不妥，再三婉言勸阻。無奈勝四郎素來任性，自以為是，哪肯聽妻子勸說？宮木雖對夫君離去之後的日子大為憂慮，也只能勉強振作，為勝四郎打點好行囊。臨別前夕，宮木柔腸百轉，依依不捨，向勝四郎淒婉道：

「夫君走後，我便孤單一人，無依無靠，就像在荒野迷途一般無所適從。望夫君朝夕勿忘，早日返家。雖然世事無常，來日難料，但只要一息尚存，我們夫妻定能再度聚首。望夫君垂憐，切莫任意棄糟糠之妻於不顧啊。」

勝四郎安慰妻子道：「身在異鄉，便如乘浮木飄零，焉能長居？待到來年暮秋，風卷葛葉之時，我便會歸來了；妳且在家安心等候便是。」不久晨雞報曉，勝四郎別過妻子，出門向京都而去。

時值享德[2]四年夏，鎌倉御所[3]足利成氏[4]與管領[5]上杉氏失和[6]，雙方兵戎相見，成氏官邸毀於兵燹，逃亡下總國避難。關東因而大亂[7]，群魔亂舞，兵連禍結，無一處安寧。年邁者浪跡深山，少壯者充為兵伕。今日才聞「某處遭焚」，明日又道「敵軍將至」，老弱婦孺東逃西竄，哀鴻遍野。

1 本篇改編自中國明代文言短篇小說集《剪燈新話・卷三・愛卿傳》。

2 「享德」是日本年號之一，一四五二年到一四五五年間。此一時期的天皇是第一〇二代天皇，後花園天皇。

3 「鎌倉御所」又稱鎌倉公方、鎌倉殿，關東將軍。室町幕府在鎌倉方面沒有「關東御所」，由鎌倉御所負責統領。

4 足立成氏（一四四九年－一四五五年），室町、戰國時期武將，第五代鎌倉公方（一四四九年－一四五五年），第一代古河公方（一四五五年－一四九七年）。與輔佐鎌倉公方的關東管領上杉氏與室町幕府對立，也揭開關東地區戰國時代戰亂的序幕。

5 鎌倉御所下設「關東管領」一職，負責主理關東政務。

6 此處指足立成氏因為永享之亂中，關東管領上杉憲忠（子）與憲實（父）殺害其父持氏的仇恨，而與憲忠不和，並暗殺憲忠。這個事件並為之後享德之亂的起點。

7 此處指自一四五五年年底持續到一四八三年的享德之亂（約二十八年）。

這樣的亂世，一個丈夫出門在外的女子如何安身？勝四郎之妻宮木本想逃到外鄉，又念及夫君臨別前交代「待到深秋便回」，只好困守家中，苦苦支撐，惶恐不安地一日捱過一日。好不容易時至深秋，丈夫卻杳無音信。宮木自傷自憐，深怨夫君薄情，感慨人心如亂世般多變，遂作歌一首：

心悲度苦日，誰傳鴻雁書？
逢阪報夕鳥，告郎秋已深。

歌中充滿淒涼悲傷之意，可惜夫妻相隔遙遠，無法將此歌傳給身在京都的勝四郎。

時局紛擾，人心浮動；漸漸的，常有路過門前的輕薄之徒見宮木美貌，便放肆地挑逗、勾引。宮木嚴守婦德三貞，冷面堅拒。後來索性緊閉家門，不見外人，她辭退了唯一的婢女，慢慢花光了微薄的積蓄，苦苦熬過殘年。

等到新一年的年初，戰亂卻依舊頻仍，彷彿永無太平之日。前一年的秋季開始，美濃國郡上領主東下野守常緣[1]，便奉幕府足利將軍之命，東征下總。他聯合同族的千葉實胤[2]，共同討伐成氏，成氏一方則率軍死守[3]。雙方戰況膠著，不知何日才能平息。戰火高熾，賊寇蜂起結寨，燒殺搶掠無惡不作，關東八州[4]生靈塗炭，幾成人間地獄。

再說勝四郎。自打他跟著雀部進京，正好趕上京都盛行奢華之風，攜帶的絲絹全數售出，獲利甚豐。然而，就在他滿心歡喜，準備踏上歸途時，聽說上杉軍大敗御所軍，正乘勝在下總國追擊成氏潰兵，故鄉葛飾郡成為修羅場，惡戰方酣。兵荒馬亂之際消息混亂，就連眼前發生的事都難辨真假，何況相隔遙遠的故鄉？勝四郎心中忐忑，在八月初匆忙離京返鄉，想探聽妻子宮木的下落。

哪知途經岐曾貞坂[5]時，不幸撞上了攔路搶劫的山賊，勝四郎的行李、財物被劫掠一空。接著，他又聽人說起往東的路上新設了許多關卡，往來旅人的去路幾乎斷絕。勝四郎心想，此際消息難通，家園可能已經毀於戰火，妻子說不定也已不在人世了！若真是如此，故園已為鬼域，倒不如先回京都再做打算。

這麼一想，勝四郎便即刻啟程折返京都。豈料，行至近江國時，身染熱病，渾身燥熱難當。他勉力支撐，投奔近江國武佐鄉的一個有錢人。那人名叫兒玉嘉兵衛，是雀部曾次的岳父。勝四郎說明了來意，嘉兵衛慨然應允，讓他在家中養病，並為勝四郎延醫問藥，精心照顧。不久，勝四郎病體痊癒，對嘉兵衛的恩德十分感激，再三致謝。但此時他的身體還很虛弱，行動不便，只得留在兒玉家調養。這一住就是數月，不知不覺，新的一年到了。

在兒玉家寄住期間，勝四郎因為生性豪爽，結交了不少新朋友。兒玉和武佐鄉人們喜歡他的誠懇樸實，無不與勝四郎相交甚篤。其後，勝四郎的行程漸漸固定往返於京都雀部家和近江兒玉家之間，過上了寄人籬下的生活。一晃眼七載寒暑，歲月如夢境般流逝。

寬正[6]二年，畿內地區河內國的畠山氏兄弟相爭[7]，戰亂波及京都。入春以來又逢瘟疫肆虐，隨處可見染病倒斃的屍體；人心惶惶，盡皆悲歎末日將臨。勝四郎思忖再三：「如今我落魄潦倒，流落異鄉，又無所作為，長期受人恩惠也非長久之計。髮妻在家鄉音訊全無，自己卻在這萱草叢生之地虛度光陰，真是無信無義。即便妻子已赴黃泉，我也該尋回她的骸骨，替她立墳以慰在天之靈才是。」他將心中所想告訴了友人，五月某日，與一眾好友作別，趕了十天的路回到家鄉。

勝四郎回到故里已是薄暮時分，烏雲低垂，四野黯淡無光。遊目四顧，勝四郎心道：「我自幼生長於此，即便天色昏暗，也決計不會迷路。」接著便踏著芳草萋萋的荒野小路，向前行去。

誰知勝四郎方才過度自信；沿途所見，景象俱是陌生：往昔橫跨河灘的著名渡橋，已荒廢坍塌，馬蹄之聲寂然無聞；田地荒蕪、雜草叢生，舊路難以辨識、舊鄰悉數不見。偶爾可見寥寥幾戶屋舍，看似有人居住，卻也與他印象中的故鄉全然不同了。

勝四郎憂然佇立，茫然間竟不知故居何在。在迷惘之中，雲間透出了微弱的星光，勝四郎這才看到二十步開外有棵被雷劈過的松樹，正是自家宅門的標誌。

勝四郎大喜，立刻大步上前，發現屋舍舊貌不改，與自己離去時並無多大分別。門縫中依稀透出燈火，似乎尚有人在。

「是誰？是別人還是宮木在裡面呢？難道我的妻子當年僥倖逃得戰火，這些年來都苦守舊宅？」勝四郎心中怦怦亂跳，靠近門前輕輕咳了一聲。屋裡立刻有人應道：「誰呀？」語調雖然蒼老許多，卻千真萬確是宮木的聲音！

勝四郎心跳得越發厲害，懷疑自己置身夢境，連忙答道：「是我啊，是妳夫君勝四郎回來了。真沒想到，妳孤身一人還能住在這個荒廢破敗之地，太出人意料了！」宮木聽見夫君的聲音，立刻拉開了屋門。微光之中，勝四郎見她蓬頭垢面，眼窩凹陷，髮絲亂糟糟的披散在背後，仿佛變了一個人。

宮木默默望著勝四郎，涕下沾襟，嗚咽不語。

1 東常緣（約一四〇五年－？）室町時代中期至戰國時代初期的武將、歌人。「下野守」是他的官職。此外，東氏是千葉氏的分支，同樣系出桓武平氏。與足利成氏對立。

2 千葉實胤（一四四二年－一四六六年），室町時代中期武將。與足利成氏對立。

3 此後，成氏稱為「古河公方」，成為割據勢力。

4 指相模、武藏、安房、上總、下總、常陸、上野、下野八國。

5 今長野縣西筑摩郡山口村馬籠峠。

6 「寬正」是日本年號之一，一四六〇年到一四六七年。寬正二年即一四六一年。

7 此處指畠山持國（一三九八年－一四五五年）之子義就與其養子政長（外甥），因為繼承管領職位而起爭端；義就與政長陷入長時間的戰爭中，這個事件也被視作為應仁之亂的遠因之一。義就與政長之爭則延續到應仁之亂後。

應仁之亂波及範圍

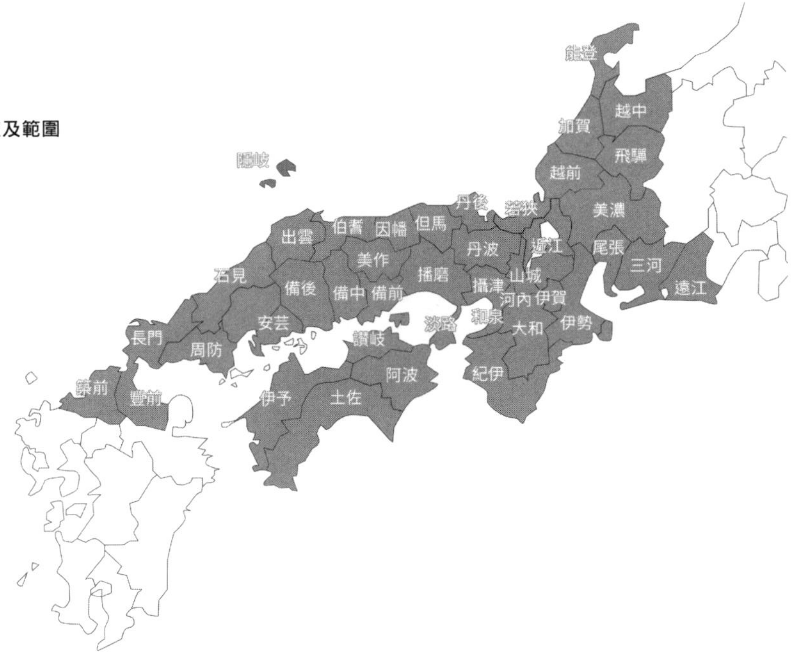
能登
越中
加賀
飛驒
越前
隱岐
丹後
若狹
美濃
出雲
伯耆
因幡
但馬
丹波
近江
尾張
三河
遠江
美作
播磨
石見
備後
備中
備前
攝津
山城
河內
伊賀
安芸
淡路
和泉
大和
伊勢
長門
周防
讚岐
阿波
紀伊
筑前
豐前
伊予
土佐

勝四郎心頭難過，一時間也默默無言，過了好一陣才道：

「若我知道妳尚在人世，絕不會在外耽擱這麼多年。那一年在京都經商，聽說鎌倉兵變，御所戰敗退到下總，管領率軍追擊甚急，次日我就告別雀部，在月初離京歸鄉。孰料走到木曾路時遭山賊洗劫，財物被搶掠一空，只勉強保住了這條性命。後來聽路上傳聞，東海道、東山道設立許多官兵駐紮的關卡，旅人難以通行。京裡又派了節刀使[1]與上杉合兵攻打總州。當時聽說故鄉這一帶先遇兵災、又遭火劫，鐵蹄踐踏之下；我猜妳即使沒死於戰火，也極有可能投海自盡了。因此才斷了回鄉的念頭，折返京都，寄人籬下，苦挨七年光陰。近來思鄉情切，想著就算與妳永無再會之期，至少返鄉憑弔，也能略得寬慰，於是動身返回家園。沒料到妳竟然還活著！我真不敢相信，這該不會是在夢裡吧？」

勝四郎滔滔不絕，握著妻子的手，恨不得一次將別來遭遇傾訴完畢。宮木拭淚道：

「自從那年別離後，夫君約歸之期未至，便已戰亂四起。鄉人或浮海漂流，或進山避難，盡皆棄家奔逃。偶有留在村裡的，卻居心險惡，見我孤身，屢以花言巧語挑逗，欲行狎褻之事。我堅忍苦守，幾次驚險逃脫，這才保全了貞潔。然而我苦苦等候，時至暮秋都不見夫君歸來。臘盡春至，你依然杳無音信。我幾次想進京尋你，可是沿途關卡阻攔，鬚眉男子都無法獨行，何況我區區女流？無奈之下，唯有日日望著屋前松樹，與狐狸、鴟鴞為伴，苟活至今。何曾想今夜竟能與夫君重逢，苦盡甘來、離恨俱消，真是令人開懷。誠如古歌云：『相思未遇身先歿，此恨綿綿君不知。』」

宮木說罷，涕淚交流，好不可憐。勝四郎柔聲安慰：「良宵苦短，我們先休息吧！」夫妻二人同床共枕，相擁而眠。

1 日本奈良時代至平安時代，大將出征時由天皇授予節刀，稱「節刀使」。節即「符節」，如犢牛之尾，是國君給予的憑證。待任務完成後，再將節刀奉還天皇。

夜裡，冷風吹著殘破的紙窗，颯颯作響。雖然寒氣逼人，但勝四郎長途跋涉，疲乏已極，沒多久就酣然入夢。一覺睡到五更天明，勝四郎朦朧中微覺涼意，伸手要扯棉被，卻驚覺手邊不知何物，竟發出沙沙聲響，登時清醒過來。只覺得頰上一片冰涼，起先他以為是屋頂漏雨，抬頭細看，原來屋頂已被大風掀去，一輪殘月懸掛在微明的天空；門板也不翼而飛，從朽爛坍塌的地板縫隙，長出了高高的野草。草上滴落的露珠沾濕勝四郎的衣袖，牆壁爬滿藤蔓，庭院則被雜草埋沒。雖未入秋，但舊宅荒涼頹敗之景，形同廢墟。昨夜在身畔與自己共枕的妻子，此刻也蹤影全無。

勝四郎神智恍惚，疑心有狐媚作祟。眼前的荒宅，明明是自家故地。寬敞的裡屋和屋後的穀倉全是自己一手建造，昨夜明明歷歷在目，為何忽然破敗不堪？他呆立當場，茫然不知所措。

反覆思忖，勝四郎終於醒悟過來：妻子宮木極有可能早已辭世，這座荒宅成為狐精鬼怪盤據之地。昨夜或許是狐精變作妻子相貌，又或者是妻子的亡魂思夫心切，從陰間還魂敘舊罷了。眼前的一切都跟自己在異鄉時所料相同，在戰亂的年歲，妻子早已亡故。想到此處，勝四郎欲哭無淚，萬分唏噓。

家破妻亡的勝四郎獨自在荒宅裡踱步四顧，忽然看見舊日臥室的地板已被揭開，就地堆起一座墳丘。墳丘上安置了擋板，用來遮攔雨水。昨夜的亡靈就是從這裡鑽出來的嗎？勝四郎先是感到驚懼，復又微感安慰。但見墳前盛水的器皿，插著一塊削成尖塔的木牌，上面貼著一張褪色的那須野紙[1]。紙上字跡雖已剝落，仔細辨認，卻可以肯定是妻子宮木所書。上面既沒有戒名[2]，也無註記身故年月，只有一首短歌表達了妻子臨終時的哀痛：

無望苦相盼，歸來未有期；
一日盼一日，盼到絕命時。

至此，勝四郎終於確信妻子已不在人世，他伏地嚎啕，傷心欲絕。可憐的妻子究竟死於何年何月，都無從知曉，實在令人遺憾。轉念又想，或許村中會有人知情，於是含悲止淚，出門探問。此時朝陽高升，天已大明。

他先尋到最近的鄰家，主人卻非舊識，反問勝四郎道：

「你是何人？從哪裡來？」

勝四郎深施一禮，答道：「我乃隔壁屋主，七年前赴京經商，昨夜方歸。見屋倒蒿生，妻子身故，只剩墳塋一座。可惜墳上並未標明亡歿年月，使我更添傷感。閣下如若知曉，萬望見告。」

鄰居道：「你的遭遇聽來確實可憐，但我搬到這兒僅僅一年，來時隔鄰已是空屋，恐怕尊夫人此前即已過世，我對她的情況一無所知。村裡人在戰禍初起就幾乎逃光了，眼下居住此地的，大多都是由外鄉遷來的人。只有一位老翁是本地人，久住未遷，還時常到那荒宅去，祭奠亡者。想來他也許知道尊夫人確切的亡故日期。」

勝四郎忙問道：「那位老翁現居何處？」

主人答道：「離這兒大約百步遠的海邊，有一片麻田，老翁就住在田頭的茅屋裡。」

勝四郎飛步向麻田奔去。果然見到一位七旬老翁，佝僂著坐在院中灶台前的蒲團上飲茶。老翁一見勝四郎，就厲聲責備：「你為何回來得如此之遲？」勝四郎定睛細看，認出老翁是自己的舊識，名叫漆間。

勝四郎上前作揖問安，而後從頭至尾，將自己赴京經商，迫不得已滯留異鄉，以及昨夜所遇奇事詳述一遍。說到傷心處，淚流滿面。最後他向老翁再三致謝，感激他為亡妻修墳弔祭之恩。然而，漆間卻道：

「自你那年走後，剛到夏天，便干戈驟起。村人四處逃亡，年輕人都被抓去當兵，良田荒蕪，成了狐兔棲身之所。你的妻子宮木堅貞剛烈，不忘夫君秋天歸家的承諾，不肯棄家而去。老朽也因腿腳不便，無法遠行，只好躲在家中。沒過多久，這一帶就成了鬼魅妖精出沒之地。宮木年紀輕輕，竟能大膽留守，老朽閱事數十年，也罕聞罕見。就這樣秋去春來，次年八月初十，宮木苦候無望，終於一病不起。我心中悲愴，親手將她屍身收殮，造墳安葬，並將她臨終所寫的短歌貼在木牌上，權充墓誌。又放了盛水潔器，依時祭掃，略表心意罷了。老朽不通文墨，未能記下她過世的日期；又因寺院離此甚遠，戒名無從求取，如今算來也有五年了。適才聽你所言，必是節婦魂魄歸來，傾訴舊恨離愁。咱們應該立刻去她墳前，衷心祭弔才是。」說完拄杖先行。

二人來到宮木墳塋之前跪地痛哭。當晚又誦經不停，為她祈禱冥福，直至天明。

1 「那須野紙」是櫪木縣那須野所產的和紙，用來貼在木牌上作墳飾。

2 「戒名」又稱法名。舊時日本人死後，會取一個戒名刻在墓碑上。能否得到堂皇出色的戒名，成為衡量一個人社會地位的標準。

當夜勝四郎與漆間都難以入眠。老翁對勝四郎道：「在老朽的高祖父都尚未出生的遙遠年代，咱們鄉裡有位名叫真間手兒奈[1]的少女，貌美家貧，雖然每日麻衣陋服，無暇整理青絲，纖纖玉足也沒有鞋穿；她卻面如滿月、笑靨如花，遠勝京裡那些綾羅滿身的大家閨秀。鄉里的年輕人自不必說，就連京中武士、鄰國貴人都心懷戀慕，屢屢向她求親。手兒奈一生受無數人愛慕，情絲萬縷、不勝苦惱。她深恐傷了眾多男子的心，便投海自盡，一死以謝有情人。這個故事傷感悱惻，被吟成和歌傳唱至今；老朽年幼時就聽母親講過。彼時雖然懵懂無知，卻也被手兒奈的純情深深感動。如今宮木悲情哀婉，相較手兒奈，真是有過之而無不及啊！」

漆間說完，連聲唏噓，淚下如雨。勝四郎更是泣不成聲，遂吟了一首質樸的短歌，抒發心中哀痛。歌云：

古人癡戀手兒奈，吾心思慕貞烈妻。

這首短歌雖不能充分表達勝四郎的思妻之情，但也情真意切，比那些用詞典雅的詩歌更能打動人心。因此，在往來於下總國的商人中流傳甚廣，也讓宮木這義烈女子的事蹟傳誦至今。

1 該故事《萬葉集》中有載，略云：「葛氏真間女，豔名絕四方……迎面亭亭立，眾多鳳求凰……人生有幾何？絕塵一命亡。」

戰亂中，等待的女人

胡川安

〈夜宿荒宅〉描述了日本戰國時代早期，勝四郎與宮木這對農家夫婦的故事，由於戰亂的關係而導致分開，七年後再回到故鄉已經人事全非。勝四郎看到當初的田園和房子，已經變成一片荒蕪，不禁悲從中來。作者上田秋成對於故鄉景色的描寫十分精煉且視覺感十足：

誰知勝四郎方才過度自信；沿途所見，景象俱是陌生：往昔橫跨河灘的著名渡橋，已荒廢坍塌，馬蹄之聲寂然無聞；田地荒蕪、雜草叢生，舊路難以辨識、舊鄰悉數不見。偶爾可見寥寥幾戶屋舍，看似有人居住，卻也與他印象中的故鄉全然不同了。

離別多年的故鄉相當蕭條，勝四郎只能從以往門前的松樹找到自己的房子，當晚在睡夢中與過世宮木的亡靈相逢。第二天早上醒來，妻子已經不見蹤影，自己睡在荒野中的墳塚裡，從附近老者的嘴裡才知道五年前妻子已經去世。

《雨夜物語》全名《古今怪談雨夜物語》，是上田秋成的代表作，他取材自明代的《剪燈新話》和「三言」，總共有五卷和九篇的小說，一八七四年出版，當時是日本的江戶時期。「雨夜」之意有種夢幻詭異之感，很多學者都認為來自《牡丹燈記》的「天陰雨濕之夜，月落參橫之晨」，此時正是鬼魅出現之時。

上田秋成雖然取材自中國小說的情節，但是加入了日本的美學，並且將時空背景抽換，已經自成一格。〈夜宿荒宅〉的時代設定在日本戰國時代初期，十五世紀中期之後，幕府將軍的權力逐漸喪失，特別在應仁之亂[1]後，將軍雖然想要扭轉局面，但將軍強勢的時代已經過了。關西的近畿動亂，同時在關東的局勢將軍也把持不住。一開始足利尊氏開創幕府之時，為了抵抗南朝，將幕府設在京都，而自身武家的重心則在關東，也分封兒子於鎌倉，有小朝廷的權威，官位叫鎌倉公方，管理關東的事務。

〈夜宿荒宅〉的故事主要是住在關東下總國的勝四郎，當時足利成氏為鎌倉公方，與關東領管上杉憲忠不合，進而殺之而後快，京都幕府下令討伐足利成氏，足利成從鎌倉逃往下總國，稱「古河公方」[2]，而且拒絕幕府的命令，決定自立門戶，使用自己的年號，否認了來自京都的命令，成為一個小王國，在史上稱為「享德之亂」[3]。

古河公方得到來自北關東豪族的支持，此時京都方面，八代將軍足利義政為了對抗古河公方，下令在天龍寺出家的足利政知[4]還俗，前往關東討伐。然而，政知無法進入足利成氏所掌握的鎌倉，進而在伊豆附近的崛越駐紮，史稱「崛越公方」，與古河公方彼此對抗了將近三十年，讓關東部分地區殘破凋敝，人口大減，兵戎所到之處，一般民眾都避之唯恐不及。然而，〈夜宿荒宅〉的女主角卻死守家園，並且拒絕薄倖之徒，最後無以為繼，守貞而死。

1 應仁之亂（一四六七年—一四七七年），發生在室町幕府第八代將軍足利義政在任時，屬於內亂。但亂事範圍幾乎擴及全日本（除九州與少數地方外），日本也因此而進入戰國時代。

2 「古河公方」是以下總國古河為據點的關東足利氏政權。時間從室町時代後期延續至戰國時代，約一百三十年。

3 享德之亂（一四五五年—一四八三年），發生在室町幕府第八代將軍足利義政在任時，屬於內亂（關東地區）。以鎌倉公方足利成氏暗殺關東管領上杉憲忠為發端，最後擴大至關東地方全境，被視作為關東地方進入戰國時代的起點。

4 足利政知（一四三五年—一四九一年），室町時代後期武將，室町幕府第一代堀越公方。政知本身是被室町幕府承認的鎌倉公方，因為上杉氏的關係而無法進入鎌倉。

足利家關係圖

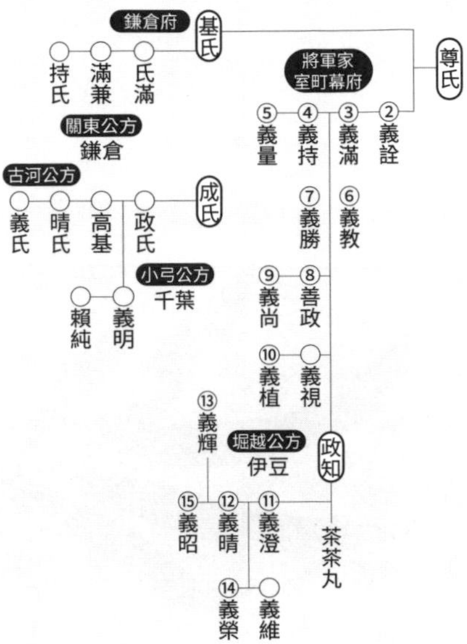
尊氏
將軍家
室町幕府
②義詮
③義滿
④義持
⑤義量
⑥義教
⑦義勝
⑧善政
⑨義尚
義視
⑩義植
政知
堀越公方
伊豆
茶茶丸
⑪義澄
⑫義晴
⑬義輝
⑭義榮
⑮義昭
義維
基氏
鎌倉府
氏滿
滿兼
持氏
關東公方
鎌倉
成氏
古河公方
政氏
高基
晴氏
義氏
小弓公方
千葉
義明
賴純

夢應之鯉

1

興義法師低頭看看自己，

只見全身都被包裹在金鯉衣中，

鱗片金黃，

熠熠閃耀。

「頃刻間，文四迅速提竿，將我牢牢抓住。我朝著他疾呼：『你要幹什麼？放開我！』但文四置若罔聞，用草繩穿過了我的鰓幫，在蘆葦叢中繫好船，把我拋在魚簍中，送到府上。」

〈夢應之鯉〉《雨月物語》／安和五年
桂宗信繪

延長年間[2]，古刹三井寺內住著一位高僧興義法師。興義是位丹青妙手，名聞遐邇。但平素卻不繪神佛、山水、花鳥等畫，而是在寺務閒暇時，泛舟琵琶湖[3]上，用錢從撒網垂釣的魚夫手裡購買活魚，而後放歸湖中，再細細觀察魚兒嬉戲、游徜之態來揣摩描摹。年深日久，興義法師的魚畫栩栩如生，漸臻化境。

某日，興義法師又在凝神構思，打算繪製魚畫。不知過了多久，倦意上湧，酣然入夢。恍惚間，法師覺得自己化身成鯉魚，與同伴一起在水中悠游，十分快活。醒來後，夢中景象仍然歷歷在目，他立刻潑墨揮毫，將夢中所見繪製出來。這幅畫完成後，便掛在禪房牆壁上，題為《夢應之鯉》。

此事傳開後，仰慕興義法師神妙技法的索畫者紛至沓來。但興義法師只肯贈人花鳥山水畫；至於讓他聲名大噪的鯉魚圖，則是無論被出了多高的價錢，都堅拒不讓。法師甚至戲言道：「魚畫亦有生命，豈可賣給那些殺生食魚的凡俗之人！」就這樣，興義法師的《夢應之鯉》與這句笑談聞名天下，受到世人的高度讚賞。

有一年，興義法師突發頑疾，堪堪過了七天，竟閉目氣絕，毫無生機。弟子、友人聞訊而來，無不悲傷嗟嘆。便在此時，一名弟子無意間撫其胸膛，卻發現尚有微溫。大家便抱著一線希望，圍在法師的「遺體」旁守護。

三日後，興義法師手足顫動，長噓一聲睜眼醒轉。他翻身坐起，問：「我失去知覺有多久了？」

眾弟子答道：「師父不醒人事已逾三日。闔寺僧侶與您的好友們本已打算為您料理後事，卻發覺師父佛體尚未完全冰冷，故決定暫緩入葬，每日在此守護。如今您果然起死回生，眾人無不歡喜；幸虧未曾魯莽，將您放入棺中啊。」

興義頷首道：「汝等速派一人，到平之助施主家中通告老衲甦醒一事。平之助此刻定然在大擺宴席，飲酒膾魚。請他暫罷酒宴，立刻到寺裡來一趟，我有令人稱奇的異事要講給他聽。到他家後，要留心細察席間情形，當知一切如我所言。」傳話之人心中疑惑，依言動身趕往平之助家中。

到了平之助家，果然見到平之助和弟弟十郎、門客掃守三人正圍坐宴飲，情形與法師所言完全一致。傳話之人大為訝異，連忙將興義法師的話如實轉述。三人聞言，也覺蹊蹺，立即放下杯箸，趕到了寺裡。

1 本篇改寫自馮夢龍作品《醒世恒言・卷二十六・薛錄事魚服證仙》。所謂夢應，是做夢所預知的事、對夢境的感應之簡稱。通常指作夢者夢見某人某事，後事與夢相符，果然應驗。

2 「延長」是日本第六十代天皇醍醐天皇的年號，九二三年至九三〇年。

3 琵琶湖位於滋賀縣境內，是日本最大的淡水湖；四面環山，景色絕佳，與富士山一樣被視為日本的象徵。

興義法師扶枕坐起，迎接三人。平之助對興義法師死而復生致以賀意，法師開口問道：「施主，敢問您今日是否向漁夫文四買過鮮魚？」

平之助驚道：「的確是有，大師怎會知曉？」

興義道：「那漁夫文四將一條長約三尺的鯉魚裝入魚簍，送至府上。您與令弟十郎正在南面屋中下圍棋，掃守在一旁邊吃著桃子邊觀戰。當時您見漁夫送來大魚，十分高興，便從高腳漆盤裡挑了幾個桃子送給漁夫，還請他喝了三杯酒。然後叫來廚子，吩咐他把魚拿去切成薄片……所有細節，老衲可有說錯？」

平之助等人瞠目結舌，驚疑萬分，深感不可思議，不住詢問箇中原委。興義法師道：「好吧，就來說說我的故事。」接著，法師便說出這番話：

「老衲此番臥病，痛苦不堪，並不知自己已經斷氣；只感到渾身燥熱難耐，想要出去走走，找個清涼之處透透氣。於是拄著拐杖踱出寺門，頓覺眼前豁然開朗，病痛全消，好似籠鳥重返雲天，精神為之一振。我心中愉悅，也不問那是何處的山野村莊，信步前行，不覺來到琵琶湖畔。但見湖水清澈澄碧、波光瀲灩，禁不住想下水遨遊。隨後，老衲便寬衣解帶，跳入湖中。自小就是旱鴨子的我此刻卻如魚得水，游得甚是歡暢，如今回想，真是難以置信。

然而人泅於水中，畢竟不似魚兒般自在。霎時間，我突然羨慕起魚兒來。便在此時，一條非常大的魚游到我面前，說道：『大師心願，實現起來輕而易舉，請在此稍候。』說罷大魚轉身潛入湖底，杳無蹤跡。過得片刻，這條魚又從湖底游回來，背上負著一個身穿華服、頭戴冕冠的人，在無數水族、魚鱉前呼後擁下，向我說道：『河伯有詔，念在僧人與義平素放生，頗積功德，特賜金鯉衣一套。身穿此衣，即可暫時化為鯉魚，享受悠遊水中的諸般樂趣。但需時刻小心謹慎，切勿貪食香餌，以免遭釣喪命。』那人說罷，便又坐著大魚游得無影無蹤。

此時我低頭看自己，只見全身都被包裹在金鯉衣中，鱗片金黃，熠熠閃耀；原來已經變成了一條金鯉。從此以後，老衲想去哪兒，就搖尾振鰭游去那兒，真是逍遙極了。

老衲游啊游，乘著長等山[1]的風濤，游至志賀大灣[2]，被水邊沾濕衣襟的行人驚擾，慌忙回身，潛入湖水深處。白天，比良山[3]倒映在碧綠的湖面上，分外旖旎；夜晚，堅田[4]的漁火照射前方，如夢似幻。月色輕瑩，清輝照映鏡山的山巒；灣內淺水港密布，沖津島[5]、竹生島[6]，以及映在波光中的神社紅牆[7]，無一不使老衲稱羨讚嘆。有時我在水面打盹，伊追山山風吹拂，旦妻的渡船[8]駛出港灣，划槳聲將我從蘆葦間吵醒。矢橋[9]擺渡者櫓棹擊水，我險險避讓；瀨田川守橋人疾步追逐，我忙忙閃躲。風和日麗時，我游上水面；風雨如晦時，我便一直向下，潛入千尺之下的湖底。

如此隨心所欲的暢遊數日後，腹中已十分飢餓，無奈四處覓食卻苦無所獲。恰在此時，漁夫文四垂下吊鉤，鉤上掛著香噴噴的魚餌。我聞到後垂涎不已，但想到河伯的警告，又謹記自己是佛門弟子，豈能吃那葷腥的魚餌？這便悻悻地游開了。

但又過半晌，腹中飢餓更甚，我轉念又想：『倏忽食餌，未必被捕；即令為文四所獲，我倆是老朋友，他也不會傷害於我。』如此一想，警惕全失，實在抵不住誘惑，索性再度游回釣鉤下，一口氣將魚餌吞進了嘴裡。

頃刻間，文四迅速提竿，將我牢牢抓住。我朝著他疾呼：『你要幹什麼？放開我！』但文四置若罔聞，用草繩穿過了我的鰓幫，在蘆葦叢中繫好船，把我拋在魚簍中，送到府上。

魚簍掀開後，老衲看到施主跟十郎正在南面屋中下棋，掃守邊吃桃子邊觀戰。見文四送來一條大鯉魚，你們相當高興。那時我曾高聲大喊：『各位不認得我了嗎？我是興義法師！趕快放開我，將我送回寺中。』但你們似乎全未聽見，只顧著拍手叫好。不一會兒，一個廚子把我扔到一塊砧板上，用左手摁著我的雙眼，右手舉刀便斬。我難受極了，大聲驚叫，對著他喊道：『你怎麼能這麼殘忍地殺我呢？我是一個佛家弟子呀！救命！救命啊！』但那廚子毫不理會，依然揮刀斬落。就在即將受戮的一剎那，我猛然從夢中醒了過來。」

1 弘文天皇陵墓所在地，三井寺就坐落於長等山下，近江八景中即有「三井晚鐘」。

2 志賀大灣位於大津北部的入江。

3 比良山位於比叡山的東北方，近江八景中即有「比良暮雪」。

4 堅田位於琵琶湖西岸，近江八景中即有「堅田落雁」。

5 沖津島，琵琶湖中的島。

6 竹生島，琵琶湖中的島。

7 指竹生島弁財天的神社紅牆。

8 旦妻船，往來於朝妻與大津之間的渡船。

9 矢橋位於琵琶湖東南岸的草津市，近江八景中即有「矢橋歸帆」。

眾人聽罷興義法師的奇遇，都驚異不已。平之助道：「據大師所言回想，我等見到那條鯉魚時，魚嘴確曾不停翕動，卻聽不到任何聲音。若非親眼得見，絕難相信有如此離奇之事，」於是急命僕人趕回家中，將所剩魚膾盡數倒入湖中。

興義法師的病很快就康復了。此後，他又活了很久，以高齡壽終。圓寂前，他將所畫全部鯉魚圖全數投入湖中，畫裡的魚兒竟然脫離絹紙游出，悠然自得地在湖裡暢游；也因此興義法師的鯉魚圖均未能流傳後世。其弟子成光繼承了師父的絕技，亦頗有聲名；他在閑院御殿[1]的屏風上繪有雄雞圖，活雞見之，屢屢撲蹴；此事亦見於《著聞集》[2]記載中。

1 藤原冬嗣位於京都的宅邸。

2 即《古今著聞集》，成立於鎌倉時代時，是伊賀守橘成季編纂的世俗說話集。

變成魚，會比較快樂嗎？

胡川安

〈夢應之鯉〉的主人翁是平安時代的三井寺僧人興義，擅長繪畫，但他不畫花鳥、山水和神佛，而專畫魚，並且經常於琵琶湖上泛舟，如果看到魚夫捕獲了魚，就會用錢買回再放生，他喜歡看魚在水中與其他魚群嬉戲的樣子，而且經常在夢中見到這些魚，醒後再將牠們畫出，很多人想要求畫，但義興卻不想將魚送給殺生食魚的人。

興義不只喜歡畫魚，還想要變成魚，因為他平常積善很多，所以河伯特別送了一套金色鯉魚服，讓他在琵琶湖中遨遊，看著優美的景色。讀者讀到這裡的時候或許會覺得這和莊子的故事有點相似，翱翔於物外，超脫凡塵，除此之外，這篇故事也和佛學的義理有關，而且和主人翁的人生境遇相關。一篇簡單的故事，暗藏著相當深刻的寓意，讀本篇小說，不是要了解平安時代的背景，而是要了解上田秋成本人的處境，還有江戶時代的思想狀態。

中村幸彥在《日本古典文學大系・上田秋成集》中提到〈夢應鯉魚〉應該視為是寓意小說，反映出上田秋成個人的經歷和現實生活：「藝術的三味境正是變成魚游泳時的興義，一旦因為飢餓覓食而遭遇人類的香餌，便吃盡現實的苦頭。創作這篇作品時候的秋成，剛剛因為火災而家財散失，從以前的學問文藝的三昧境中脫離出來，第一次直接面對現實的生活。這樣的經驗和反省，必定集於一身。」

創作者與作品之間的關係十分微妙，興義在作畫時進入夢鄉，接著變成魚，享受著湖光山色，融入自己的作品中，達到物我合一的境界。然而，〈夢應之鯉〉的層次更高，興義也是小說作者上田秋成本身的寫照，作者本人在學問的世界中浸淫之時，也受到殘酷現實

近江八景「堅田落雁」

近江八景「矢橋歸帆」

的打擊，遭遇到祝融之災，作品當中的興義卻因為無法抵擋香餌的誘惑而墮入生死的險境。

興義本來覺得做為魚應該自由自在，遨遊於物外，超脫一切，但卻也無法抵擋香餌的誘惑，除此之外，作為一個出家人的興義應該要絕塵棄世，不受到世俗的誘惑，但卻因為本能，而遭逢生死的困境。

我們也可以從「變形」這件事來看，人總是對於自己身處的世界不滿，所以想要穿越到過去，或變成其他的人，〈夢應之鯉〉的故事也影響了將近兩百年後的日本大文豪太宰治，創作了〈魚服記〉，故事的主題也是人變成魚的故事。太宰治一開時讀到〈夢應鯉魚〉時，想要變成魚，逃離那些以往譏笑、欺負他的人，但後來他覺得逃離是一個失敗的方法，還是在現實當中活下去比較實在。回到〈夢應之鯉〉，興義後來從魚變回了人，因為積善不少，又活了很久，以高齡壽終。

佛法僧

這兩個俗人已經覷見我等的真面目，
索性將他們一併帶往修羅道吧。

但見一個年輕武士大步走來，應是負責前驅開路的緣故，武士將木板橋踩得「嘎咔」作響，好不威風。蓼然父子驚懼惶恐，想向燈籠堂右側躲去，怎奈武士早已察覺，厲聲喝道：「何人在此？主公駕到，還不跪迎！」

〈佛法僧〉《雨月物語》／安和五年
桂宗信繪

很久以前，浦安國[1]曾有一段承平之世。國人安居樂業，春來花下休憩，秋至玩賞楓林；或乘船遨遊筑紫，或流連於富士山、筑波山的美景，好不逍遙快活。

在伊勢國的相可鄉，有位名叫拜志的人，生平未受什麼災厄，卻正值壯年就剃度出家，把家業交給兒子打理，自己則改號夢然。夢然一向身體健康，喜歡四處遊山玩水。他的幼子作之治生性魯鈍，不通世故，夢然就決定帶他去京都見見世面。

夢然與作之治先在京都二条城的別墅逗留了一個多月，同年三月底，來到吉野觀賞櫻花，在舊熟寺院中住了七日。隨後又想順道遊覽一下從未去過的高野山[2]。於是父子倆在綠葉蔥蘢的初夏時節，穿越天川[3]，向高野山的摩尼峰[4]頂攀去。那山路艱險崎嶇，爬山便耗費了許多時間，等到登上山頂，已經黃昏了。他們拜謁完壇場[5]、諸堂塔、靈廟[6]後，見天色已晚，便打算在山上借宿一夜，卻被寺中僧人婉言拒絕。父子倆向過路者打聽，才知道這寺中從不留宿陌生人，外地遊客要到山下過夜。

這下可好，卡在山上進退兩難，該怎麼辦呢？即使身子骨還算硬朗，夢然畢竟年事已高，再加上一路攀登險境，早已精疲力竭，聽聞山寺不能歇宿，頓感神思倦懶，委頓不堪。

作之治道：「日暮腿疲，下山的路是走不動了。我年輕體健，在草地露宿一宿並無大礙；只怕父親大人染上風寒，那就糟了。」

夢然道：「旅途中碰到一些意料之外的狀況，倒也別具趣味。此刻就算忍痛下山，山下也沒有妥善的安身之地，未必便能安睡。況且明日路途如何，也難預料。此山乃扶桑第一靈場，弘法大師[7]功德無量，你我本意就是專程來此為來生祈福，今晚正好在大師靈廟前徹夜誦經，也算平生幸事。」

說罷，兩人在夜色中沿著山林小道，尋到靈廟前的燈籠堂，踏上廊檐地板，將雨具鋪在木板上，坐下來靜心誦經。此時夜深露重，萬籟無聲；靈廟周圍方圓五十町，平整開闊，不僅林木景觀俱無，連小石子也被掃得乾乾淨淨，不愧為佛門清淨之地。由於靈廟距離寺院較遠，也聽不見陀羅尼[8]鈴錫的聲音。

1 「浦安國」為日本古稱。《日本書紀》載：「息伊奘諾尊目此國曰：『日本者，浦安國！』」

2 「高野山」位於今和歌山北部，是日本佛教聖地。八一六年時，弘法大師空海在此修行，嵯峨天皇將高野山賜給他，空海便在此建立金剛峰寺。

3 「天川」指奈良縣吉野郡的天川村，也稱為大峰口，是進入高野山的入口。

4 「摩尼峰」是高野山連峰的其中之一，這裡泛指高野山。

5 「壇場」指高野山東塔到西塔之間，金堂、御影堂等特定區域。

6 「靈廟」指奧之院內的大師廟。祭祀空海的所在。

7 弘法大師（七七四年－八三五年），法名空海，日本佛教高僧。於延曆二十三年（八〇四年）入唐，師事惠果禪師學習密宗真諦；大同元年（八〇六年）攜帶佛典經書、法物等歸國。弘仁七年（八一六年），在高野山創立真言宗。

8 「陀羅尼」原意為總持、能持，後世則多指長咒，這裡指念佛聲。「鈴錫」指佛鈴和錫杖，借指寺院唱誦聲。

空山寂寂，遠處大樹參天，甬路兩側流水潺潺。誦經完畢，夢然輾轉難眠，便向作之治說道：「弘法大師教化深遠，土、石、草、木無不沾染靈氣。開山迄今八百餘年，其法愈靈，備受尊崇。雖然國中有許多大師的遺跡，高野山卻是天下第一道場。弘法大師生前遠渡唐土留學，某日心有所悟，默默祝禱：『此三鈷[1]落地處，即吾弘法之靈地。』說完將三鈷向天空擲去，結果三鈷落在此山。據說壇場前的三鈷松，就是當年三鈷落下的地方。所以此山的草木泉石全都帶有靈氣。今晚我們有幸借宿於此，真是前世修得的善緣。你年紀尚輕，虔誠之心不可稍有懈怠。」夢然雖低聲細語，卻句句真切入耳，作之治點頭稱是。

便在此時，廟後的樹林中傳來「佛法僧、佛法僧」的鳥啼聲，這聲音在山谷迴盪、縈繞不絕，好似就在側近一般。愕然一驚，暗忖道：「這定是三寶鳥[2]的叫聲。聽說此鳥棲於高野山中，從來不曾有人得聞其聲。今夜竟能親耳聽聞，真是滅罪生善的吉兆啊！想那三寶鳥只選清淨之地棲身，如上野國的迦葉山、下野國的二荒山、山城國的鵜鶘峰，以及河內國的杵長山等，但無論哪一處棲地，還是最喜歡在高野山棲息。弘法大師有一首著名的詩偈曾提及此事：

寒林獨坐草堂曉，三寶之聲聞一鳥。
一鳥有聲人有心，性心雲水俱了了。

又有古歌云：

松尾靜謐曙色開，養聽鳥鳴佛法僧。

從前，最福寺的延朗法師[3]精通《法華經》，古今無人可比。松尾神社的主神就命三寶鳥待在延朗身邊侍奉[4]，此鳥便在神社裡築巢棲居。今夜何其幸運，竟能諦聽『一鳥』之聲，可惜我修為尚淺，無法到達『人有心』的境界。」

蒡然沉吟片刻，想起平日裡喜歡吟詠十七字俳句，便順口道：

真言宗聖地，神秘清幽林茂密，佛鳥啼山中。

詠罷，夢然取出筆硯，借著堂前燈光，將俳句記下。他側耳傾聽，很希望三寶鳥能再鳴一聲，不料就在此時，竟從遠處寺院方向，傳來陣陣吆喝開道聲，漸漸逼近。

「深夜之際，還有什麼人會上山拜謁呢？」夢然父子面面相覷，屏氣凝神，注視著傳來開道聲的方向。

但見一個年輕武士大步走來，應是負責前驅開路的緣故，武士將木板橋踩得「嘎咔」作響，好不威風。夢然父子驚懼惶恐，想向燈籠堂右側躲去，怎奈武士早已察覺，厲聲喝道：「何人在此？主公駕到，還不跪迎！」

被察覺行跡的二人急忙走下廊檐，俯伏於地。足音雜亂中，一位貴人履聲響亮，頭戴立烏帽，身穿直衣，步入堂中坐定；四五個武士隨行，列坐左右。

只聽那貴人向武士們問道：「他們還沒來嗎？」武士答道：「即刻便至。」接著又是一陣腳步聲響，一個儀表堂堂的武士和一位剃度的出家人，向貴人恭敬施禮後，緊跟著入座。貴人向剛來的武士道：「常陸介何故來遲？」武士欠身答道：「聽說白江[5]、熊谷[6]二位盛意拳拳，準備了美酒佳釀要獻給主公；在下便也烹製了一條鮮魚敬獻，所以來遲。」說著立即將魚肴奉上。貴人吩咐道：「萬作，斟酒。」一個相貌俊秀的年輕武士領命，手執酒瓶，膝行進前，為座上諸人逐一斟滿酒。眾人推杯換盞、觥籌交錯，一片陶然。貴人又道：「我好久未與紹巴[7]傾談了，速速喚他前來。」侍從們依次向後傳令；須臾，詔令傳到夢然身後，站起一位身形魁梧的法師，方臉端鼻、相貌清俊。他整整僧袍，走到末席落座。貴人問他詩文故事、軼聞掌故，法師都應答如流。貴人甚為滿意，傳令厚賞。

1 三鈷是金剛杵的一種。金剛杵原為古印度武器，質地堅固，能擊破各種物質。在佛教中，它象徵摧毀煩惱的菩提心，分獨鈷、三鈷、五鈷、九鈷、雜鈷、瓔珞金剛杵等。三鈷表示「身、口、意」三密平等。

2 此處日文原文為「佛法僧」。「佛法僧」原指佛教三寶，故此鳥被叫做「三寶鳥」。三寶鳥是一種廣泛分布於亞太地區的闊嘴鳥，其鳴叫聲與「佛法僧」相似，故俗名「佛法僧」。

3 延朗法師（一一三〇年－一二〇八年），平安時代末期到鐮倉時代初期的僧侶，號松尾上人，年輕時曾經住松尾山麓的神宮寺，建立京都最福寺。

4 這裡指松尾大社，位於京都嵐山，主神是大山咋神與中津島姬命。

5 白江備後守（?－一五九五）即白江成定，又稱為白井範秀，安土桃山時代武士，秀次的家臣。備後守是他的官位。秀次被放逐高野山、被命令切腹後，成定也在離開高野山、回到京都後自殺殉主。

6 熊谷大膳（？－一五九五年），安土桃山時代武士，秀次的家臣。本能寺之變後侍奉秀吉，後來受命侍奉秀次，擔任秀次的家老。秀次被命令蟄居高野山時，自行切腹表示負責。秀吉雖然一度想攔阻，但使者抵達時已經身亡。

7 里村紹巴（一五二四年—一六〇二年），日本戰國時代著名連歌師，號稱「連歌界第一人」。本能寺之變後，在豐臣秀吉的授意下，他成為關白豐臣秀次的輔佐人。一五九五年秀次被迫自殺後，紹巴遭到禁閉。

一名武士趁機問法師道：「據聞高野山乃弘法大師所開，所以土石草木都有靈氣。但為何單這玉川之水有毒，飲者立時斃命呢？連弘法大師也曾作歌針對此事感嘆：

高野深山玉川水，
旅人至此莫掬飲。

他明知水裡有毒，為何不使毒水涸竭呢？著實令人費解，還請法師賜教。」

紹巴笑道：「此歌編入《風雅集》中，前言裡提到：『在通往高野山深處寺廟途中，有條河叫玉川，上游毒蟲甚多，小心勿飲此河之水。作歌一首以誡遊人。』此說誠如閣下所述。但是，弘法大師神通廣大，能令無形之神開山鋪道、鑿岩掘土。他封印大蛇、馴服怪鳥，諸般功德深受天下蒼生景仰。推論起來，我猜測此歌並非弘法大師所作。本來，河流以『玉川』命名者，各處皆有。豈獨高野山的玉川有毒？揣摩弘法大師本意，應是說拜山者為此清流吸引，情不自禁地掬水而飲，恐會造成川水污染或者枯竭。後人牽強附會，胡言有毒，甚至偽造出這段前言。尤其值得深究的是，此歌並非大師在世時平安初期的風格。古語中凡玉鬘、玉幡、玉衣等，皆是讚賞水型之語；玉水、玉井、玉河等，乃是稱頌水的清冽澄澈，焉有將有毒河流冠以『玉』字的呢？盲目崇拜佛法的人，不明歌中真意，以訛傳訛。閣下並非歌者，卻能提出這些疑問，足見造詣匪淺，佩服佩服。」貴人與其他在座武士聽了法師的詮釋，無不點頭悅服，欽佩不已。

這時，燈籠堂又傳來「佛法僧、佛法僧」的鳴叫聲，由遠及近。貴人舉杯在手，道：「好久沒聽三寶鳥鳴叫了，此刻這鳴聲，真是替夜宴生輝。紹巴，可以請你歌詠一首來助興，好嗎？」紹巴恭敬答道：「我的短歌主公恐怕早已聽厭。這裡有位守夜誦經的旅人，詠了一首當代風格的俳句，主公聽了定然覺得新鮮，不妨召他前來。」貴人便吩咐道：「傳那旅人上來。」一名年輕武士走到夢然跟前，道：「主公宣你，快上前去！」夢然如在夢中，膽戰心驚地爬到席前。

紹巴對夢然道：「將你適才所詠俳句，再念給主公聽聽吧。」夢然驚慌道：「適才……適才念過什麼，小人一點兒也記不起來了，還望大人寬恕！」紹巴又說：「你不是詠過『佛鳥啼山中』嗎？主公要聽，趕緊詠來！」夢然亦發畏懼，戰戰兢兢道：「敢問座上究竟是哪位主公？為何夜宴深山？

小人實在疑惑，萬望告知。」紹巴答道：「我家主公乃關白秀次公[1]。其他在座者是木村常陸介[2]、雀部淡路[3]、白江備後[4]、熊谷大膳[5]、粟野杢[6]、日比野下野[7]、山口少雲[8]、丸毛不心[9]、隆西入道[10]、山本主殿、山田三十郎[11]、不破萬作[12]等人。跟你說話的，是我紹巴法橋[13]。你今夜有幸，得見我家主公，是莫大的榮耀。還不快將適才的俳句念來供我等欣賞？」

夢然聞言，嚇得毛骨悚然、魂飛魄散，若不是早已剃度，此刻定然毛髮倒豎。他抖抖索索的從行囊中掏出白紙，顫著聲將俳句寫了出來，呈遞上去。

山本主殿接過，朗聲道：

真言宗聖地，神秘清幽林茂密，佛鳥啼山中。

1 豐臣秀次（一五六八年—一五九五年），太閤豐臣秀吉的養子。一五九一年，年老的秀吉指定秀次為繼承人，讓他擔任關白一職。但在一五九三年，秀吉意外得子，因此決心將繼承權轉給親子豐臣秀賴。一五九五年，秀吉以秀次有謀反嫌疑，將他流放高野山，並命他切腹。

2 木村常陸介（?—一五九五年），即木村重茲，安土桃山時代武士。常陸介是他的官位，曾向千利休學茶道。原先侍奉豐臣秀吉，之後成為豐臣秀次的家老。因為為秀次說情而被秀吉命令切腹。

3 雀部淡路（一五五九年—一五九五年），即雀部重政，安土桃山時代武士。秀次的家臣，曾任淡路守。曾向千利休學茶道，後來為千利休介錯。秀次切腹時，擔任秀次的介錯人，之後殉死。

4 白江備後守（?—一五九五）即白江成定，又稱為白井範秀，安土桃山時代武士，秀次的家臣。備後守是他的官位。秀次被放逐高野山、被命令切腹後，成定也在離開高野山、回到京都自殺殉主。

5 熊谷大膳（？—一五九五年），安土桃山時代武士，秀次的家臣。本能寺之變後侍奉秀吉，後來受命侍奉秀次，擔任秀次的家老。秀次被命令蟄居高野山時，自行切腹表示負責。秀吉雖然一度想攔阻，但使者抵達時已經身亡。

6 粟野杢（？—一五九五年），即粟野秀用，安土桃山時代武士。秀次的家臣，曾仕於於達政宗、秀吉等主公。一說他因為秀次事件而被連坐斬首，一說他在為秀次辯護後切腹。

7 日比野下野守，生卒年不詳，下野守是他的官職。秀次的家臣，秀次妾於和子之父。自殺殉主。

8 山口少雲（一五四七年—一五九五年），即山口重勝，安土桃山時代武士。秀次妾阿辰之父。少雲是他的謚號。曾仕於織田信雄、豐臣秀吉，後來成為秀次的家臣。因為秀次事件而被連坐，被命令切腹。

9 丸毛不心（?—一五九五年），妻子東殿侍奉秀次，後來自殺殉主。

10 隆西入道，生卒年不詳。秀次的家臣，切腹時由秀次介錯。

11 山本主殿、山田三十郎，兩人皆生卒年不詳，是服侍秀次的小姓（侍從）。自殺殉主時，秀次為他們介錯。

12 不破萬作（一五七八年—一五九五年），豐臣秀次的小姓，傳說與名古屋山三郎、淺香左馬之助被合稱為「天下三大美少年」、「戰國三大美少年」。自殺殉主時，由秀次介錯。

13 佛教謂佛法如橋梁，能普渡眾生。這裡指的是一種日本僧位——法橋上人位。

秀次公聽了，擊節讚道：「詠得甚妙，誰來聯下句？」

山田三十郎移座向前，道：「微臣來聯下句。」略略思索片刻，寫道：

夏夜短易逝，佛前禱告焚芥子，通明天將白。

寫完遞給紹巴，道：「請您指教。」紹巴轉呈秀次公，道：「聯句頗佳。」秀次公看了看，開言道：「確實不錯。」眾人添酒傳盞，舉杯痛飲。

突然間，雀部淡路臉色驟變，稟道：「往修羅道的時辰已至，阿修羅眾即將來迎，我等該動身了。」頃刻間座中人人面色赤紅，氣勢洶洶，起身怒吼道：「今夜要讓石田、增田[1]等輩，嚐嚐咱們的厲害！」

秀次公對木村道：「這兩個俗人已經覷見我等的真面目，索性將他們一併帶往修羅道吧。」幸好眾臣僚齊聲勸阻：「他二人陽壽未盡，主公切不可再犯前愆，胡亂殺生。」言罷，眾人漸漸消失在空氣中，杳然無蹤。

夢然父子瞠目結舌，雙雙嚇得昏厥過去。不久，天光破曉，冷露灑在他們臉上，才緩過氣來。此際正當黎明，天色尚未全亮，父子倆餘悸未消，唯有口中不斷稱頌弘法大師的法號，求他庇佑。終於捱到旭日東昇，父子倆連忙在萬道金光庇護之下下山回京，返家後針灸服藥，調養了好一段日子。

之後某日，夢然路過三條橋，忽然想起秀次的惡逆之墓，便往寺院方向眺望。雖在白晝，猶感陰森，背脊陣陣發涼。他把這次死裡逃生的奇遇告訴了京裡的友人，如實記錄在此。

1 石田、增田：即石田三成、增田長盛。二人皆是豐臣秀吉得力幹將，五奉行之一。他們奉秀吉之命，參與策畫逼迫秀次自殺的事件。

關白的怨靈

胡川安

據說有一種鳥稱作「佛法僧」，也叫「三寶鳥」，因為這種鳥會念誦佛號，真的有鳥會宣傳佛法嗎？在《佛說阿彌陀佛經》中的確紀載有一種鳥會用美妙的聲音傳達佛法，讓眾生了解佛法的真諦。佛教傳入中國時，這樣的傳說鮮為人知，反而是在鄰國日本，平安時代就有許多日本僧人在樹林中聽到一種鳥反覆發出「布、頗、梭」的聲響，和日語「佛、法、僧」的發音類似，就將此鳥命名為「三寶鳥」。高僧空海曾經寫過一首詩《後夜聞佛法僧鳥》：

閑林獨座草堂曉，三寶之聲聞一鳥。
一鳥有聲人有心，聲心雲水俱了了。

空海是日本真言宗的開山祖師，曾入唐習法，並且回國時帶回大量的典籍，天皇賜號為「弘法大師」，這首詩將晨曦破曉前自己在草堂獨坐時，聽到三寶鳥叫聲時的心境寫下來，有得道僧人忘卻塵俗之感。

上田秋成的〈佛法僧〉巧妙的利用佛教中的故事和日本戰國時代的傳說，交織出一篇別出心裁的小說。故事中僧人夢然攜子到高野山上遊學，天色將晚時想夜宿沿路的廟中，但廟方不接受外人，只好在廟前休息，睡眼惺忪之際，聽到三寶鳥的叫聲，夢然以為此是吉兆，做了一首俳句：

真言宗聖地，神秘清幽林茂密，佛鳥啼山中。

然後突然出現了一群武士、貴族和僧人，嚇壞了夢然父子，心想半夜的深山中怎會來了一群人，旁敲側擊之下竟然是兩百多年前戰國時代早期的關白豐臣秀次和其下屬。秀次是戰國名將豐臣秀吉的外甥，由

《高野山名跡考》，插圖出自井村米太郎，井村米太郎出版，明治二十八年

於秀吉沒有子嗣，在考慮繼承人時，只有秀次有血緣關係，秀吉也給秀次不少表現的機會，但秀次的表現都不佳。當秀吉老了，覺得自己不會再有兒子，就讓二十多歲的秀次當上了「關白」位置。

或許是上天捉弄人，也可能是秀次德不配位，秀吉老來得子，生下了秀賴，親生的兒子和外甥間就產生了衝突，秀吉本想要讓秀賴[1]和秀次的女兒結婚[2]，來個大團圓的場面，但秀次似乎不知道出處進退之道，讓秀吉覺得養虎為患，想要除之而後快。

秀吉後來隨便安了個謀反的名義給秀次，要他前往秀吉宅邸解釋，但秀次人才剛到了伏見，連秀吉面都沒見到，就被解除所有的職務，要他到高野山上反省，過幾天就命令秀次切腹。秀次死了，秀吉還是沒有安全感，將他們一族三十九人滿門抄斬，據說當初在京都屠殺時，鴨川的血都染紅了，景象有如修羅地獄一般，次年京都發生的「慶長伏見」大地震，坊間謠傳是秀次的鬼魂作祟，怨念無法散去。

〈佛法僧〉就是夢然父子在高野山上遭遇秀次及其下屬的故事，所談之事都是佛法中的對答，最後他們還差點被帶去修羅道，好險口中不斷誦唸弘法大師的法號才得以逃過此劫。

豐臣秀次像

秀賴像，秀吉曾想把秀次的女兒嫁給秀賴。插圖出自《繪本真田三代記》

1 豐臣秀賴（一五九三年－一六一五年），秀吉與側室淀殿之子。豐臣政權的第三代家督。秀吉過世不久，秀賴即與德川家決裂。大坂城被德川家攻落後，與母親淀殿以及家臣切腹。

2 根據《東西歷覽記》的記載，秀次可能有有一女（年長秀賴一歲）早夭，在秀賴出生前已經過世，原先可能是要請前田利家為媒，將此女許配給秀賴。《兼見卿記》記載這個女兒名為八百姬。

國家圖書館出版品預行編目資料

雨月物語（上）/ 上田秋成作 . 初版 .
新北市 : 光現 , 2018.12 冊 ; 公分

ISBN 978-986-96974-1-5(上冊 : 精裝)

861.566　　107015827

Speculari 29

雨月物語・上
『雨月物語』・うげつものがたり

作者　上田秋成
譯者　王新禧
企畫選書　張維君
責任編輯　梁育慈
特約編輯　謝佳穎、梁家禎、賴庭筠
裝幀設計　製形所
內頁排版　製形所
地圖繪製　美果設計　林采瑤

總編輯　張維君
行銷主任　康耿銘

社長　郭重興
發行人暨出版總監　曾大福
出版　光現出版
部落格　http://bookrep.com.tw
信箱　service@bookrep.com.tw

發行　遠足文化事業股份有限公司
地址　231 新北市新店區民權路 108-2 號 9 樓
電話　(02) 2218-1417
傳真　(02) 2218-8057
客服專線　0800-221-029
法律顧問　華洋國際專利商標事務所／蘇文生律師
印刷　成陽印刷股份有限公司

初版　2018 年 12 月 5 日
定價　300 元
ISBN　9789869697415

Printed in Taiwan

本書古籍圖片資料引用自
「国立国会図書館デジタルコレクション」